勸善金科

〔清〕張照等 編

乾隆內府刊本

勸善金科第七本卷上

第一齣　極樂國心堅可到　蕭豪韻

場上設七寶池科雜扮二頭陀各戴頭陀髮紮金箍穿僧衣披袈裟帶數珠持拂塵仝從佛門上唱

黃鐘調套曲

醉花陰　畢鉢巖前刹竿倒韻　迦葉舉阿難失笑韻　契經海一龜毛韻　塔影岧嶢韻　沒縫如何造韻　黃金國何路非遙韻笑　不動風旛辭未了韻分白　一炷清香一卷經鳥銜花落鉢盂馨泥牛入海無消息昨夜窓間

尾過檽吾等乃釋迦文佛座下頭陀便是只因遇着人天師萬刧永居極樂國三更日午到這沒陰陽地蒔草栽花一物不將向那乾闥婆城拈椎豎拂騎箇三脚驢子趕這八角磨盤放開時點起身腰燈火撥翻羽翼琴筝直到那一微塵裏創造這三界十方揑聚時拈將大地片葉彈破虛空浮漚常住在恒沙刧中看了些烏飛兎走只因無樂可名言因此名爲極樂國道言未了韋馱尊者早到小生扮韋馱戴帥盔紥背光紥靠持杵從

上場門上白　人天感應慈悲切、龍象皈依法力尊、作相
見科二頭陀白　尊者何來、韋馱白　遵奉佛旨度化南耶
王舍城居士張佑大等十人、脫凡入聖來登極樂國土、
二頭陀白　既如此待他到來引進便了、仝從佛門下雜
扮張佑大等十人各戴氈帽穿道袍繫絲縧仝從上場
門上唱
黃鐘調　喜遷鶯　套曲　今日裏　放下屠刀。韻　骷髏裏三花茁寶
苗。韻則這　逍遙。韻一謎地　龍吟虎嘯。韻　袈裟錦十三條。

韻不崇朝。韻只這是達摩正眼句立地登羅刹慈橋。韻

韋馱二頭陀仍從佛門上作相見科白新戒且暫住門外待我通報者、雜扮十六侍者各戴僧帽穿僧衣披袈裟帶數珠雜扮阿難迦葉各戴毘盧帽穿道袍披袈裟帶數珠從佛門上各分侍科張佑大等十人作跪科阿難迦葉白佛旨張佑大等十人着頭陀引至七寶池邊、與他披剃、二頭陀白謹領佛旨、隨引張佑大等十人至七寶池邊各披剃科十侍者向佛門內取僧帽僧衣袈

裟隨上與張佑大等十八各穿戴科隨撤七寶池科阿難迦葉白　我佛有旨、十八人依次賜名、一法恭、二法從、三法明、四法聰、五法睿、六法肅、七法乂、八法哲、九法謀、十法聖、張佑大等十八人作叩謝科阿難迦葉白　我佛有旨、問爾等還記得做强盜殺人放火的事麽、張佑大等十人白　這是弟子的悟由、怎得忘記、唱

黃鐘調　出隊子
套曲

想　山林狐嘯○韻不佩犢齊佩刀○韻也有的　探丸斬吏逞威豪○韻也有的　拆鳳離鸞奪阿嬌○韻也

有的倒籠傾箱生掠鈔。韻白俺呵唱

黃鐘調刮地風套曲

一弄兒隨他殺興高。韻曾附和夜半呼號。韻就其間儘有慈悲料。韻便與他苦勸甘撩。韻他若是夢醒忽饒。韻俺便送長天線抛孤鷂。韻他若是發無明。句渾如漆入膠。韻俺便斬春風同你泥犂走一遭。韻却原來糞堆中。句有無價寶。韻白在這殺人場中混了些日子。唱方覺得殺人心八面皆無着。韻白那時節恰遇觀音菩薩開示。唱

黃鐘調古水仙子套曲　多感得灑楊枝甘露飄。韻頓敎人心

肺內熱惱鏖糟一霎消。韻照五蘊盡皆空。句忒楞楞騰

樹倒猴兒跑。韻踈剌剌沙刮天風淨了塵歊。韻厮琅琅

湯檻心猿喝號提牢。韻支楞楞爭弦斷了不勾綽注猱。

韻吉丁丁當精瓶摔碎菱花照。韻撲通通鼕打一會心

空及第凱歌鐃。韻阿難迦葉白　看這十人、已可見佛、爾

等跟我進來、入室見佛、雜扮十八天女各戴魔女髮穿

宮衣持花仝從佛門上作散花科衆仝從佛門下

第二齣 望鄉臺業重難登、古風韻

場上設望鄉臺科副扮看臺鬼使戴鬼髮穿蟒箭袖虎皮卒褂持器械從右旁門上白

幽明遥隔處高起望鄉臺善者能登眺惡犯怎容來我乃掌管望鄉臺鬼使是也我這裏冥府法度善者到此有榮惡者經過受辱正是陽間善惡由他造陰府輪迴報應明、從左旁門下雜扮五長解鬼各戴鬼髮額穿蟒

箭袖虎皮卒褂繫虎皮裙持器械帶旦扮劉氏魂穿衫繫腰裙從右旁門上唱

高大石調正曲　卒地錦襠　黃泉路徑最淒凉。韻天上人間兩渺茫。韻幾番回首望家鄉。韻合一度思量一斷腸。韻長解都鬼唱

高大石調正曲　哭岐婆　今當受苦。句不用慘傷。韻當時立誓。句請自思量。韻合你道是重重地獄受災殃。韻又道是伊家自作還自當。韻劉氏魂白自作自當、老身勸子開葷

曾有此話重重地獄受災殃老身在花園罰誓曾有此話、爲何陰司一一都知道了、（長解都鬼白）豈不聞人間私語天聞若雷你聽信讒言開葷土地社令詳記竈神奏上玉皇玉旨發下酆都閻羅天子差鬼拘拿要你此去受重重地獄之罪、（劉氏魂白）旣拿我來就從好路去爲何又要我一路受苦、（長解都鬼白）爲你在生作惡開葷、所以死後陰司受罪、（劉氏魂唱）

【正宮正曲】洞仙歌 思量天下人。韻 那箇不喫葷。韻 何獨劉氏

也。句今朝罪逼身。韻合望行方便門。韻免我受苦辛。韻
你的恩德謝不盡。韻長解都鬼唱
堪歎愚婦人。韻遺言不復遵。韻誓願一朝違。句
天人俱怒嗔。韻合報施多有准。韻陽間作業身。韻到此
難逃遁。韻劉氏魂唱
我兒夫好善人。韻齋僧道又濟貧。韻行滿功成
日。句跨鶴上青雯。韻滾白自古道一人得道九族昇天
縱然奴不賢。望長官將伊折罪名。唱合望行方便門。韻

爲我訴此因。韻或也垂憐憫。韻長解都鬼唱

又一體　佛法本度人。韻須防貪愛嗔。韻你在世惡多般。句陰曹俱見聞。韻合此日須窮問。韻報應不差分。韻毫髮難容隱。韻劉氏魂作看臺科白　來到此間、前面一所樓臺是甚麼所在。長解都鬼白　這是望鄉臺。劉氏魂白　我在陽間、曾聞西蜀王秀築望鄉臺於成都、有漢李陵築望鄉臺於西域、爲何陰司也有此臺。長解都鬼白　這望鄉臺、乃是天造地設、使人人到此、盼望家鄉或兒女哭泣得以與聞或僧道時日追薦得以受用劉氏魂白長官老身自從回煞到今再不得見兒一面可容我登臺一望長解都鬼白此望鄉臺乃爲善人而設若惡人上去依然難見劉氏魂白吾乃好善之家必然得見長解都鬼白只怕管臺鬼使不容上去劉氏魂作跪科白還望長官說箇分上長解都鬼白這等且看如何作帶劉氏魂遶塲科看臺鬼使仍從左旁門上白那裏來的惡犯敢近臺來長解都鬼白這是王舍城傅門劉氏好

善之家、看臺鬼使白 帶了鐵鏈到此、還說是好善麽、長
解都鬼白 雖然他是惡犯、他夫主乃是天宮勸善太師、
他兒子在世孝善雙修、可看他夫主兒子分上、容他一
望便了、看臺鬼使白 旣如此、容他上去一望、即便下來、
仍從左旁門下長解都鬼作帶劉氏魂遶場科白 脚踏
雲梯步步高、靈臺突兀聳青霄、劉氏魂白 亡魂都有思
鄉意、得見家鄉是這遭、唱

仙呂宮 正曲 風入松 半空中高起望鄉臺。韻 長解都鬼作帶

劉氏魂上臺科劉氏魂唱　到此地令人感慨。韻　我家鄉在王舍城南界。韻作望見家鄉哭科長解都鬼白　可見你家鄉麼、劉氏魂白　望見了、唱　痛嬌兒空守棺材。韻滾白　兒你在陽間痛念娘親、娘在陰司望鄉臺上哭斷肝腸、你怎麼得知道、你怎麼得曉得、痛嬌兒空守我的棺材、唱合　使老娘牽腸掛懷。韻　娘兒兩地總是一般哀。韻長解都鬼白　掌風鬼使、速降風霧、雜扮二掌風鬼使各戴鬼髮穿蟒箭袖繫肚囊持烟旗從兩旁門分上旋舞

科仍從兩旁門各分下劉氏魂作望不見家鄉哭科唱

又一體　猛然妖霧捲風來。韻　黑沉沉把樓臺遮蓋。韻　我家鄉隔斷紅塵外。韻　盼不見如何佈擺。韻長解都鬼白　你的家鄉、分明就在目前、劉氏魂白　在那裏、作哭科長解都鬼白　你爲何不見、劉氏魂白　爲天降黑霧遮蔽了、長解都鬼白　這黑霧非從天上降也、劉氏魂白　從那裏來、長解都鬼白　這都是從你心上來、你在陽間專用黑心欺瞞天地、所以今到陰司、天降黑霧遮蔽家山、劉氏

魂作哭科滾白 天原來我在陽間、用黑心腸欺瞞天地、所以今到陰司、天降黑霧遮蔽家山、這等看將起來、都是我自作孽、唱合 到如今皇天降災。韻閃得我肝腸欲斷眼難開。韻看臺鬼使仍從左旁門上白 列位冥差、這劉氏乃滔天之罪、為何還容他在臺上、長解都鬼白 這等我們帶下去便了、看臺鬼使仍從左旁門下長解都鬼作帶劉氏魂下臺科劉氏魂作欲回科長解都鬼作踢倒劉氏魂科唱

又一體

被讒言蠱惑女裙釵。韻違誓願把犧牲殺害。韻無端結下寃訛債。韻到今日無言可解。韻合望不見家鄉何在。韻他那裏空設醮枉修齋。韻劉氏魂作掙起科唱

又一體

公差趕下望鄉臺。韻將老身推倒在塵埃。韻頭顱跌破心驚駭。韻望家鄉天涯何在。韻合痛得我珠淚盈腮。韻這苦楚實難捱。韻長解都鬼唱

南呂宮引 哭相思

苦楚難捱要你捱。韻這回空上望鄉臺。韻

生前造下多般惡（句）今日分明報應來（韻）衆仝從左旁

門下

勸善金科第七本卷上

第三齣　擎幡導仙與仙羣　皆來韻

雜扮金童戴紫金冠穿氅繫絛緌執幡雜扮玉女戴過梁額仙姑巾穿氅繫絛緌執幡引六善人末扮段秀實戴紗帽穿圓領束金帶小生扮鄭虔夫戴巾穿道袍旦扮陳桂英穿衫淨扮僧明本戴僧帽穿僧衣繫絛緌帶數珠生扮道貞源戴道巾穿水田道袍繫絛緌帶數珠老旦扮尼貞靜戴僧帽穿老旦衣繫絛緌帶數珠從右

旁門上衆全唱

仙呂宮正曲　桂枝香

無拘無礙。韻　自由自在。韻　那裏是魂魄遨遊。句　竟做了身心瀟灑。韻　六善人白　二位、前面這座樓臺、不知是什麼所在、金童玉女白　此乃是望鄉臺了、唱　好齊登高處。句　好齊登高處。疊作引六善人上臺科　六善人白　上得臺來、果然望見家鄉、修齋設醮、得以受用也、金童玉女唱見　水流幾派。韻　山連一帶。韻　六善人白　我們在此登臺、得以望見家鄉、倘然惡犯到此、可也

能望得見麽、金童玉女白　爲惡之人、不容登臺、滚白　縱
然見女追薦不得逍遥快樂、枉自悲哀、唱合這　望鄉臺。
韻　惡人縱上渾無見。句　善類纔登眼界開。韻作引六善
人下臺科六善人唱

又一體

鬼神如在。韻　陰陽分界。韻　存心處　但要忠貞。句
撒手時曾無掛礙。韻看　一行善侶。句看　一行善侶。疊　莪
冠博帶。韻　珠幢寶蓋。韻合　那　望鄉臺。韻　惡人縱上渾無
見。句　善類纔登眼界開。韻全從左旁門下

◎

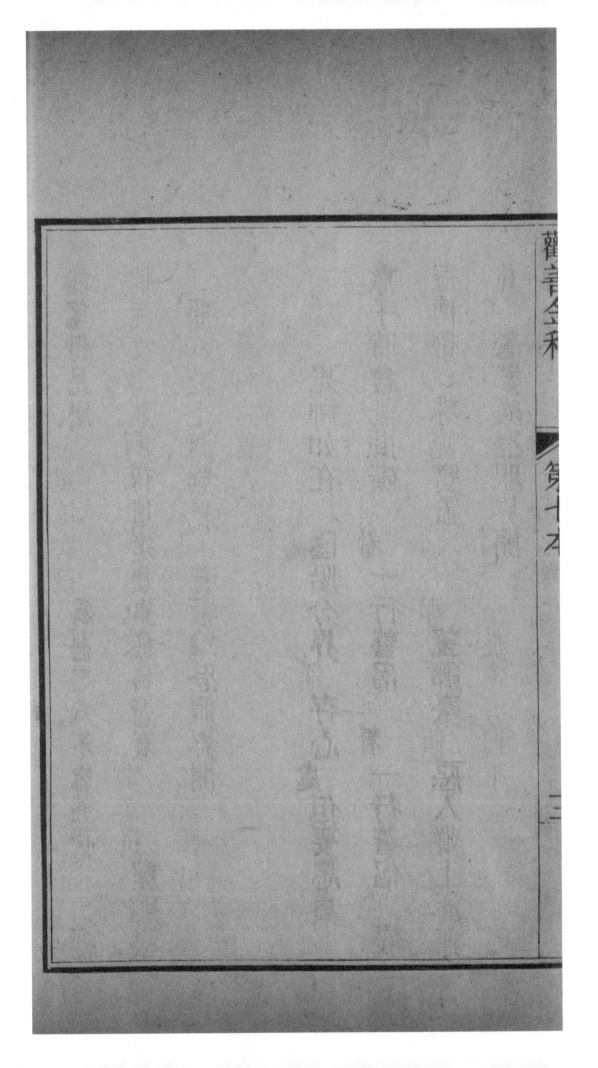

第四齣　倒戈迎賊應賊殺　江陽韻

丑扮鄭賁戴幞頭穿蟒束玉帶從上場門上唱

雙調正曲　普賢歌

主公病症太乖張。韻鬼祟時常坐在牀。韻醫生道發狂。韻強來灌藥湯。韻合可知良藥難醫反叛腸。韻白我家主公、好好一箇節度使不做、思想要做皇帝、稱兵汴蔡、反叛朝廷、我這倒運的狗才、就做了他的宰相、前日被李晟十面精兵、殺得大敗、活活將周曾李克誠在陣上擒去俺同主公率領殘兵逃回上蔡俺主公感冒風寒胡言亂語睡夢不寧那李晟追兵又緊我就連夜躲在十八層地獄還是怕他的如今却怎麽樣好雜扮內侍戴內侍帽穿貼裏衣繫絲縧從上場門急上白鄭丞相快些進去看看主公鄭貢白主公病體如何內侍白口口聲聲說道好些鬼魂在牀頭索命鄭貢白怎麽青天白日見起鬼來這也是該倒運了雜扮內侍戴內侍帽穿貼裏衣繫絲縧扶淨扮李希烈戴九梁

冠紥包頭穿氅繫腰裙從上場門上雜扮四殉難陣亡將士魂各穿戴陣亡切末隨上李希烈唱

高大石調正曲　雙勸酒　空中鬼王。韻但求寬放。韻自知不當。韻背恩莽撞。韻白鄭丞相、唱替我懺悔和講。韻合多酬謝祭賽猪羊。韻塲上設桌椅入座科鄭賁作叅見科白主公敢是見些什麼來、李希烈白怎麼不見、唱

仙呂宮正曲　好姐姐　他忽然讀胡呵亂嚷。韻衆鬼卒拖刀掄杖。韻鄭賁白可也用些湯水、李希烈唱咽喉緊噎讀不

容食下腸。韻鄭貴白 那衆鬼、却是怎生模樣、李希烈唱
合 他模樣。韻 生嗔發怒猙獰相。韻 只要微軀把命償。韻
衆鬼魂白 反賊、還我命來、李希烈白 鬼來了、衆鬼魂唱
又一體 恨伊。讀 窮奇伎倆。韻 禍臨頭逃避何方。韻李希
烈白 你可聽見鬼說話麼、鄭貴白 不曾聽見、衆鬼魂唱
相將痛責。讀 你也將這苦嘗。韻作打李希烈科唱合 應
回想。韻 無端把我殘生喪。韻 教你陰司受禍殃。韻 一鬼
魂作鎖李希烈科李希烈白 鄭丞相、快來救我一救、好

一串大鐵鎖盤在我的頸上、鄭貢白 那有甚麼鐵鎖是

主公自已的頭髮、李希烈唱

又一體

望伊 讀 放寛海量。韻 發慈悲恩回天上。韻 願把

你 虔誠頂禮 讀 獻帛更焚香。韻 白 鄭丞相替我討箇分

上罷、唱合 須稽顙。韻 難道 虔誠頂禮成虛况。韻 也憐我

苦苦哀求這一椿。韻 雜扮內侍戴內侍帽穿貼裏衣繫

絲縧引丑扮男覡戴氊帽穿窄袖繫搭包持請神器具

小旦扮女巫穿衫繫包頭從上場門上內侍作進門科

白　巫師請到了、鄭賁白　快請進來趕鬼、內侍作出門虛
白引男覡女巫進門科李希烈白　鬼在這裏快趕、男覡
女巫作打鼓請神隨意發諢科衆鬼魂作打男覡女巫
科男覡女巫仝從下場門下衆鬼魂作鎖李希烈出桌
科雜扮李希烈替身戴九梁冠紥包頭穿氅繫腰裙瘖
上伏桌坐科衆鬼魂帶李希烈仝從左旁門下鄭賁白
你們可將主公扶到裏邊少息、二內侍作扶李希烈替
身從下場門下一內侍急上白　不好了、大王已氣絕了、

仍從下場門下鄭賁白主公、唱

慶餘你年來寃債難輕放。韻一霎時身危命亡。韻內作喊聲科白快快獻出逆賊首級來免受屠戮、鄭賁作慌科白不好了、李晟兵來了、我如今取了主公首級投誠、或可免死、主公非是我今負你、皆因你負了大唐謀反、我如今取你首級投誠呵、唱這叫做一報須將一報償。韻向下作取李希烈首級隨上隨意發諢科從上場門下

第五齣　踏青郊奸謀發覺　東鍾韻

丑扮臧霸戴紗帽穿氅從上場門上雜扮三院子戴羅帽穿屯絹道袍繫鸞帶隨上臧霸唱

雙調正曲　普賢歌

夤緣獻媚我偏工。韻類聚從來響應同。韻郊遊樂事濃。韻花枝照眼紅。韻合竟日尋歡叨厚寵。韻

白自家臧霸、為因田老師多方破格、每事周旋、但幾次倒去擾他、甚不過意、今日約在郊外、設下酒席、邀他賞

春、昨日又去面請、想必就到、院子、田老爺到時、即便通報、二院子應科仝從下場門下淨扮田希監戴紗帽穿蟒從上場門上雜扮二院子戴羅帽穿屯絹道袍繫縧帶隨上田希監唱

南呂宮引生查子專閫自稱雄。韻暗把干戈弄。韻交友喜情投。句富貴當相共。韻白下官田希監、爲因臧刺史請我遊春、只帶數騎而來、院子作通報科二院子隨臧霸仍從下場門上作出門迎田希監進門科臧霸白老師駕

臨、該當遠迎纔是、有罪。田希監白 賢契屢承雅愛、未酬
萬一、承召遊春、不帶多人、以便敘談尋樂。臧霸白 仰仗
老師恩深培植、聊展芹私、總祈台鑒、看酒來。院子應科
場上設席各坐科 臧霸唱

中呂宮 正曲 駐馬聽 酒泛金鍾。韻 草酌雖微意頗濃。韻 多感

得
惠臨敝席。句 辱降高軒。讀 附鳳攀龍。韻 白 人來、唱 門
官酒席務須豐。韻 吏書賞賜應當重。韻 一院子向下取
銀封隨上作賞隨田希監二院子隨田希監二院子作

叩謝科臧霸白 敢啓老師、那大楚之約、不可失了機會、田希監白 我已整頓兵甲、聚集糧草、只候大楚信來、以便舉發此事、唱合 討出無窮。韻 此番穩把鄆州送。韻 雜扮四校尉各戴校尉帽紮金箍穿箭袖校尉褂佩刀引副扮錦衣衛官戴校尉帽紮金箍穿蟒箭袖校尉褂佩刀持聖旨牌從上場門上唱

又一體 驟馬彎弓。韻 奉勅拿人敢放鬆。韻 錦衣衛官白 今有督師李老爺密本奏稱、鄆州都督田希監、與刺史

臧霸私通反叛幸得奸細莫可交被擒因而洩露如今
奉旨差俺帶領禁軍三百人密拿二賊赴京我想田希
監坐擁重兵不敢下手今日打聽得他同臧霸在郊外
遊春只帶數騎正好擒拿此間已是不免徑入衆作打
進門科田希監臧霸作驚出席隨撤桌椅科衆院子從
兩塲門急分下田希監白是那裏來的錦衣衛官白是
駕上來的田希監臧霸作驚跪科錦衣衛官白爲你通
同叛賊事露奉旨將你二人立刻鎖拿赴京衆校尉作

卸田希監臧霸紗帽各上鎖杻科錦衣衞官唱你何事

謀爲不軌。句背反朝廷讀與叛逆勾通。韻平時威焰逞

英雄。韻此番罪重難逃縱。韻田希監臧霸唱合咽斷西

風。韻楚囚對泣戚何用。韻衆全從下場門下

◎

第六齣　拘黑獄怨鬼追尋　尤侯韻

雜扮二差鬼各戴犄角鬼髮穿鬼衣繫虎皮裙引生扮董知白魂搭魂帕穿道袍從右旁門上唱

商調正曲　水紅花

堪憐無罪做俘囚。韻禍根由。韻家門出醜。韻奈上司乖戾結寃訧。韻我中機謀。韻不容分剖。韻痛嚴刑百般生受。韻白　自家董知白我將屈死情由伸訴閻君感蒙閻君准我仍到陽間索命只索同冥差走一遭我們一同捉拿田希監去、二差鬼白　不獨是田希監還有一名臧霸奉閻君之命一併拿來、董知白魂白　那臧霸獻媚權門誣陷善良罪惡深重正當同田賊一齊拿往陰司受罪、唱　可憐我　抱屈命兒休。韻合　今日裏定要索寃讐。韻　也囉。格　全從左旁門下雜扮二家人各戴羅帽穿屯絹道袍繫鸞帶全從上場門上唱

又一體　思量助惡起戈矛。韻　正圖謀。韻　早　機關洩漏。韻　炎炎勢焰一時休。韻　做牢囚。韻　披枷帶杻。韻　董知白魂

二差鬼仝從上場門暗上二家人白　我們乃田都督臧刺史家人是也因主人犯事在獄無人看顧甚覺可憐想連年來也隨他分了些無義之財因此特帶些銀兩到監與禁長哥商議求他寬減牢獄之苦也見我等受恩之報不免前去唱　此日有誰搭救。韻多分命難留。韻合這都是作惡的下場頭。韻也囉。格仝從下場門下董知白魂二差鬼白　我等正要到彼並無人處且喜方纔正遇此二賊家人要往監中探望不免緊隨前去便了

正是善惡到頭終有報只爭來早與來遲、全從下場門
下副扮禁子戴棕帽穿劉唐衣繫肚囊從上場門上白
手執無情棍懷揣滴淚錢自家乃刑部獄中禁子便是、
前日奉旨、拿到田希監臧霸二人、這兩箇奸賊、自進監
來、燈油草薦錢也沒有、不免叫他二人出來收拾一番、
若有錢便罷、若是無錢、痛打他一番、看他有錢沒有錢、
該死的奸賊、還不走出來麼、淨扮田希監戴髮網穿喜
鵲衣繫腰裙帶鎖杻從上場門上白　奸心使盡勢全無、

老骨稜稜病又枯、丑扮臧霸戴髮網穿喜鵲衣繫腰裙帶鎖杻從上場門上白 正是害人反害巳、當初錯把肚腸烏、禁子白 我把你這兩箇奸賊、你們自進監來燈油草薦錢也沒有、田希監臧霸白 身邊實實不曾帶得進來、禁子白 既然沒有、我只打你這兩箇死囚便了、田希監臧霸白 大哥打不起了、二家人全從上場門上董卯白魂二差鬼隨上二家人白 家奴原自賤、獄吏本來尊、來此巳是監門首了、禁長哥有麼、禁子白 這是甚麼所在大呼小叫的、二家人白　我們是田都督臧刺史的家下人帶得使用在此、有話商量、可開我們進去、禁子白　既有使用、就開你進來罷、作開門引二家人進門董知白魂二差鬼隨進科二家人白　原來主人在此、田希監臧霸白　多承你二人到此、可曾帶些銀錢、與我們使用使用、二家人白　不消主人吩咐、我等已帶得在此了、大哥、我有要緊話、同你商量、可到後面去說、禁子應科仝從下塲門下董知白魂作打田希監臧霸科白　我把你

這兩箇奸賊嗄、唱
中呂宮
正曲
駐馬聽
與你 有甚深讐。韻 抵死和咱做對頭。韻
今日裏 威風何在。句 勢焰全消、讀 奸惡都休。韻 要追將
魂魄不停留。韻 冥司報應無差謬。韻 合 善惡因由。韻 恢
恢天網、讀 踈而不漏。韻 雜扮田希監魂臧霸魂各搭魂
帕穿喜鵲衣繫腰裙帶鎖杻暗上科董知白魂二差鬼
作捉田希監魂臧霸魂遶場科仝從左旁門下二家人
禁子仍仝從下場門上二家人白 方纔所云、全仗大哥

周庇、禁子白　都在我身上便了、二家人白　求大哥鬆放鬆放、禁子白　既然有了使用、待我鬆解鬆解他的刑法便了、二家人作見田希監臧霸死屍虛白哭科禁子作開門推二家人出門科二家人仝從上場門下禁子白我方纔將他二人打了一頓、不知爲何一時都巳氣絶了、也罷、明日報過堂上、拖出牢洞去便了、夥計們走出來、雜扮五禁子各戴椶帽穿劉唐衣繫肚囊仝從下場門上虛白作扛屍仝從下場門下

第七齣　消衆忿盡誅羣盜　先天韻

丑扮地方戴氊帽穿喜鵲衣繫腰裙從上場門上白

走開關上了柵欄子監斬老爺將到了大家小戶快些關了門今日奉旨處決的欽犯乃是一班從叛賊朱泚李希烈謀反的逆臣你們各要關門閉戶不是當耍的

隨意發諢科從下場門下雜扮衆老幼男女百姓各戴氊帽穿各色道袍喜鵲衣各色衫繫腰裙仝從上場門

上分白 饒他用盡千般計，難免今朝一命休。列位，今日聞得處決朱泚、李希烈兩宗叛案，那姚令言、源休、周曾、李克誠俱是賊頭，如今都拿來十字路口開刀，果是天理昭然，人心大快。我衆人中也有父親出兵被他害的，也有兒子被他殺的，也有丈夫被他砲打死的，也有妻子女兒被他搶去的，思量起來，好不苦也。如今大家去看看。列位，我們如今前去，把他的肉咬下幾口來，也解解我們的恨。有理，就此前去。內喝道科 衆全白 你看那

邊監斬官來了、我們且讓他過去、正是善惡到頭終有

報、只爭來早與來遲、各虛白仝從下塲門下雜扮四將

官各戴將巾穿蟒箭袖排穗執標鎗雜扮四將官各戴

紮巾額穿打仗甲繫櫜鞬持鎗引外扮御史戴紗帽穿

圓領束金帶從上塲門上唱

黃鍾調套曲 牆頭花

功成一戰。韻 四海謳歌遍。韻 生獲鯨鯢

大軍前。韻 將俘馘周示京師。句 用斧鉞明彰國憲。韻白

下官監察御史是也、今日奉聖旨、處決朱泚李希烈兩

家從賊聖旨將到左右、打道往法場中去、衆應科雜扮
馬夫戴馬夫巾穿箭袖繫肚囊牽馬雜扮傘夫戴馬夫
巾穿箭袖繫肚囊執傘仝從上場門上御史作乘馬科

唱

黃鐘調套曲　瑤臺月　天兵一戰。韻　掃盡妖氛。句　喜覩青天。韻
暢的是魂勾丹筆。句　頃刻看頸斷龍泉。韻　休癡望惡黨
貪緣。句　他罪案難寬一線。韻　鬼神怒。句　黔首怨。韻　今始
洩。句　盡歡闐。韻　風憲。韻　環圍的兵馬。句　周防的威權。韻

作到法塲科塲上設高臺公案科御史下馬陞座科傘夫馬夫從上塲門下雜扮十二劊子手各戴將巾紥金箍簪雉尾穿劊子衣四劊子手持鬼頭刀八劊子手扶丑扮姚令言末扮源休小生扮李克誠丑扮周曾各散髮穿喜鵲衣繫腰裙插招子全從上塲門上遶塲分立科四劊子手唱

黃鐘調耍孩兒
套曲

你今朝誅戮皆天譴。韻自作如今沒怨。韻狡謀使盡占江山。句戰塲中鬼嘯寒烟。韻你雖是到

頭天網難逃躲。句只苦的萬姓陰魂萬古寃。韻伊原是
罪魁惡首。句怎免得血濺荒阡。韻作到法塲科四劊
子手跪科白禀上老爺、斬罪犯人伺候、御史白將朱泚
李希烈首級、先懸在高竿、塲上左右各竪紅柱科二劊
子手向下取首級籠隨上作掛柱上科御史白帶犯人
過來、衆劊子手推四寇至公案前御史持筆作點名科
白爲首反叛賊犯一名姚令言、同反叛賊犯一名源休
反叛賊犯一名李克誠、反叛賊犯一名周曾反賊你今

日也有束手受刑的日子。唱
奸肝賊膽把兵權擅。韻不想那皇仁似天。韻你
稱兵犯順煽威風。句背朝廷大義都捐。韻白今日裏呵、
又一體
唱天人交憤除兇惡。句粉骨猶難蔽罪愆。韻誰教你
叛謀自熾。句自投到沒底黃泉。韻內作喧嚷科御史白
是何處喧嚷。地方從上場門上白都是那些衆百姓要
來看殺反賊的擁擠不上爲此在那裏喧嚷。御史白任
憑他們觀看不必攔阻。衆男女百姓仝從上場門上白

天作孽猶可違。自作孽不可活。奸賊你往日的英雄那裏去了。一百姓白　想起我父親當日被姚令言叛兵所殺。好不痛傷也。唱

又一體

爹行被殺愁何限。叶　每日裏號呼上天。韻　眼枯見骨憤填胸。句　痛招魂不復言旋。韻　一百姓白　我家段老爺被朱泚殺在朝門。都是源休奸賊的指引。唱　他忠臣甘飲魚腸劍。句　只是你賊殺忠良何苦然。韻　衆百姓白　我們衆人今日到此呵。唱　若非是。句　傷心痛切。句　怎

恁的淚落如泉。韻一女百姓白奸賊、我的孩兒出兵、被你殺了、一女百姓白我丈夫被他殺害、我好苦也、仝唱

又一體

煢煢孤苦誰人見。韻沒靠傍搶地呼天。韻可憐白骨掩沙場。句痛當初襁褓三年。韻那知白首終身靠。句空結春閨夢裏緣。韻若非是。句傷心痛切。句怎恁的淚落如泉。韻地方作趕衆百姓全從下場門下雜扮內侍戴內侍帽穿蟒箭袖卒褂持聖旨牌作躍馬科從上場門上白

聖旨到、御史作下座跪接科內侍白奉聖旨、

時辰巳到、速斬犯人回奏、御史白　領旨、內侍仍從上場
門下御史作陞座科白　劊子手、速斬犯人者、衆劊子手
應科御史白　那犯人呵、唱

黃鐘調套曲

急曲子　一魂兒先驚散了句　軟咍咍瞎眼無言。韻只恨的　將他那腮邊淚雨句　洗不盡羣黎慘怨韻衆
男女百姓地方從兩場門各分上作爭看科四寇隱從
地井下地井內出四寇替身切末一劊子手持刀作當
場斬科衆男女百姓地方虛白仍從兩場門分下御史

白劊子手、將首級掛在十字路口、將屍骸挫了揚灰、衆

劊子手應科仝從下場門下御史下座科白下官就此

覆旨便了、吩咐打道、衆應科馬夫傘夫牽馬執傘仝從

上場門上御史作乘馬衆趱場科御史白四寇雖則處

斬、只是他害的人、却也不少、唱可憐千百萬寃魂。句那

少得閻羅刑憲。韻衆仝從下場門下

第八齣　抱孤懷堅却一官　古風韻

生扮羅卜戴巾穿道袍帶數珠從上場門上唱

黃鐘宮引　西地錦　景物清秋時至。叶　助人愁思凄其。韻　離情萬種不堪提。韻　展轉令人垂淚。韻　中場設椅轉場坐科

白　卑人不幸、父母俱喪、感得觀音菩薩點化、教我竟往西天、參謁活佛、超度我母、今聞縣主申奏朝廷、謬加封贈、愧無實德、何當以受皇恩厚賜也、末扮益利戴羅帽

穿屯絹道袍繫鑾帶帶數珠從上場門上白　探聽頒恩
旨忙來覆主人官人老奴已打聽縣主領旨前來已過
清溪河了、羅卜起隨撤椅科白　快排香案伺候、益利應
科維扮書吏戴書吏帽穿圓領繫鑾帶捧冠帶從上場
門上白　忠爲臣之分孝乃子之先門上有人麼、益利作
出門見科白　那裏來的、書吏白　我是本縣禮房書吏特
送冠帶在此請傳老爺穿戴了以便接旨、益利作接冠
帶引書吏進門相見科書吏白　恭喜榮封、請換了吉服、

以便接旨、羅卜白 喪服在身不敢冠帶、書吏白 君命爲
重、接旨之後、任憑裁奪、羅卜虛白全從下塲門下雜扮
四從人各戴馬夫巾穿箭袖卒褂執儀仗引外扮縣官
戴紗帽穿圓領束金帶捧聖旨雜扮傘夫戴馬夫巾穿
箭袖繫肚囊執傘隨從上塲門上縣官唱

越調正曲 水底魚兒 鳳詔新頒。韻天恩豈等閒。韻黃童白叟。
句合齊來擁道看。韻齊來擁道看。疊內奏樂作到科衆
從人仝從上塲門下羅卜益利仍仝從下塲門上作出

門跪迎縣官進門科縣官白 聖旨已到跪聽宣讀皇帝
詔曰朕惟臣子之道忠孝一理天人之際感應爲難所以求忠臣必出於孝子之門爾傅羅卜孝事父母能竭其力感動天地已有其徵人所難能國家宜加獎錫用授爾以刺史之職以旌孝感服闋之日起送到京其父傅相贈河南刺史之職母劉氏贈河南郡夫人服此休嘉慰爾悼念謝恩 內奏樂羅卜作謝恩畢接旨付益利科白 荷蒙大人保奏卑人何以克當 縣官白 孝子自此

之後、當以官禮相見、休得過謙。場上設椅各坐科羅卜白大人容稟。唱

仙呂宮正曲　曉行序

父母劬勞。韻論生身養育。讀似地厚天高。韻守服制。讀怎敢受職賞旌褒。韻恩叨。韻詔自天來。句料地下先靈。讀已增光耀。韻合念微渺。韻似蓬蒿卑陋。讀豈堪冠帶隨朝。韻縣官唱

仙呂宮正曲　黑麻序

行孝。韻感動神堯。韻因伊家篤行。讀古今稀少。韻特賜錦衣冠帶。讀佇看紫綬金貂。韻羅卜唱

難消。韻恩須爵位叨。韻服制從來有正條。韻縣官白孝子不得如此執一而論豈不聞聖人制禮過者俯而就之雖則親恩罔極而送死有已雖是子情無盡而辟踊有節。唱合慰伊曹。韻雖云盡孝讀不可逃邦懷寶。韻羅卜白大人尊諭極是但人子之心實係不忍所以再不敢從命縣官白孝子若是執意不受官職只是有違君命了羅卜白非不知君命為尊奈母喪制服未滿安敢身膺爵位明早當叩謝臺前并祈恕罪縣官白愈見高明下官亦不敢十分相强就此告辭、各起隨撤椅科羅卜白深蒙降臨實爲簡慢、衆從人仍全從上場門上縣官白好說一封丹詔出皇朝、羅卜白感謝吾皇賜寵褒、益利白人爵不如天爵貴、全白功名爭似孝名高、從兩場門各分下

第九齣　遊子赤繩空繫足　江陽韻

外扮院子戴羅帽穿屯絹道袍繫鑾帶丑扮張媒婆穿老旦衣繫包頭仝從上場門上唱

仙呂宮正曲　臘梅花　姻緣撮合早成雙。韻莫教男女愁孤曠。韻好准備開洞房。韻合良宵花燭。句鵲橋高駕逐仙郎。韻院子白　自家乃曹府中院子便是今奉老爺夫人之命到傳宅一來道喜二來選擇吉期要與小姐成就姻事張媽媽來此已是傳宅了、張媒婆白門上有人麼、小生扮安童戴羅帽穿屯絹道袍繫鑾帶從生塲門上白門無俗士駕家有善人名是那箇、作出門相見科白原來是曹院公張媒婆到此何事、院子張媒婆白安童哥煩你通報說我二人特來求見、安童白如此暫請少待作進門科白官人有請、生扮羅卜戴巾穿道袍帶數珠從上塲門上安童白官人有曹管家與張媒婆在外、羅卜白領他進來、中塲設椅轉塲坐科安童作出門引院子張媒婆進門科安童從下場門下院子張媒婆白官人在上、院子媒婆叩頭、恭喜官人榮擢、老爺夫人聞知不勝欣幸、羅卜白院公、老爺夫人在家好麼、院子白老爺夫人在家托庇平安、羅卜白你兩人到此有何話說、院子張媒婆白奉老爺夫人之命、一來與官人賀喜、二來請揀時擇日、早就姻親、羅卜白你兩人有所不知、當日我先君與曹大人結下這門親事、我那時尚在年幼、後來看破世情、惟有出家心盛、無意姻親、正欲送還庚帖、可令小姐別選高門罷、院子張媒婆白　官人何出此言、正所謂男婚女嫁理所當然官人如此所言教我們怎生回覆老爺夫人、羅卜白　院公唱

仙呂宮正曲　八聲甘州　衷情欲講。韻好教人揾不住讀涕淚汪汪。韻爲只爲萱親早喪。韻居苫塊夙夜徬徨。韻花前鳳卜空思想。韻月下烏啼欲斷腸。韻合悲傷。韻怎還思坦腹東牀。韻院子張媒婆唱

又一體　還須細忖量。韻論赤繩久已讀繫定鸞凰。韻白

況如今呵、唱欣逢旌獎。韻美門楣愈有輝光。韻文鸞旣巳登仕榜。韻彩鳳應求入洞房。韻合相當。韻正合做坦腹東牀。韻羅卜唱

中呂宮正曲　古輪臺

籌量。韻這姻盟翻成悶腸。韻院子張媒婆白官人、唱豈不念百歲和諧。句婦隨夫倡。韻欲叩空王。韻爭忍使鸞孤鳳曠。韻羅卜唱痛憶慈親。句在何處那方。韻昊天罔極痛堪傷。韻欲仗佛度慈航。韻我已晝儀容帶往西方。韻叩佛垂濟。句釋寃滅罪。句虔誠稽顙。

韻合我檢點辦行裝。韻向西天往。韻堅心爲母叩蓮邦。韻院子張媒婆白 聽官人如此說來、這姻親之事、竟是不成的了、張媒婆白 就是要往西天去、何不做了親之後再去也未遲、羅卜白 說那裏話來、我今整頓行裝、明早即便起程了、院子張媒婆白 雖是如此說、這百歲姻緣、也是一樁大事、羅卜白 人各有志、豈可强求、我主意已決、不必多言矣、唱

誠心救母無他向。韻院子張媒婆唱 倒做了水溢

藍橋路渺茫。韻羅卜唱 一任梅花自主張。韻白 你二人且在此少待、從下塲門下張媒婆白 總是老爺當日差了、有這樣一位千金小姐、怕沒有門當戶對的、相攀親事、怎麼揀選箇念佛人家結起親事來、當日差了毫釐、此時失之千里、末扮益利戴羅帽穿屯絹道袍繫鑾帶帶數珠持庚帖從下塲門上白 小姐庚帖在此、多多上覆老爺夫人、我家小官人一言已決、再無別說、你二人請回罷、作付庚帖科仍從下塲門下院子白 正是夜靜

水寒魚不餌、張媒婆白滿船空載月明歸、虛白仍仝從
上場門下

勸善金科第七本卷上

第十齣　家人緣酒正開懷　蕭豪韻

外扮曹獻忠戴紗帽穿蟒束玉帶從上場門上唱

中呂宮引　青玉案　花衢酒市生寒峭。韻　九陌千門歡笑。韻　錦繡乾坤同覆幬。韻　玉壺清漏。句　仙韶新調。韻　共道春光好。韻　中場設椅轉場坐科白　帝里韶光慶屢豐、五侯池館醉春融、我今白髮三千丈、羞對紅香廿四風、下官曹獻忠、南耶王舍城人氏、前任戶部侍郎、昨蒙聖恩陞授大司馬夫人胡氏不幸早亡繼室張氏前妻所生一子曹文兆現在黌門女喚賽英曾許義官傅相之子傅羅卜爲婚雖然久訂姻盟尚未過門配偶這也不在話下今遇元宵佳節已曾吩咐安排酒筵合家翫賞 雜扮四院子各戴羅帽穿屯絹道袍繫鑾帶從兩場門分上 一院子白 稟老爺酒筵俱已完備 曹獻忠白 請夫人公子小姐上堂 院子作向下傳請科 小旦扮張氏戴鳳冠穿蟒束玉帶從上場門上 雜扮四梅香各穿衫背心繫汗

巾隨上張氏唱

又一體　冰輪桂魄離雲嶠。韻誰人把酴醾雪掃。韻曹獻忠起作相見科場上設椅各坐科小生扮曹文兆戴巾穿鼇從上場門上唱佳節元宵年正少。韻旦扮曹賽英穿鼇從上場門上唱銀蟾窺鏡。句燭龍銜曜。韻早向金閨照。韻各作拜見科場上設椅各坐科分白帝里烟花千萬重、鼇山火樹燦春風、玉蟾光映層霄迥、仝白人物嬉遊瑞靄中、曹獻忠白夫人、且喜臘盡春初、又遇元宵

佳節莫虛良會、共酌傳柑、我兒把盞、曹文兆應科白看
酒來、各起隨撤椅場上設席曹文兆作定席畢各坐科
院子梅香向下取酒隨上作送酒科衆全唱
中呂宮正曲　山花子　月華燈影連天皎。韻欣逢讌賞良宵。韻
望團圞家慶喜相遭。韻進瑤觴笑酌仙醪。韻合六街中
笙歌湧濤。韻催花十八檀板敲。韻香浮繡簾蘭麝飄。韻
人在蓬壺。讀此樂陶陶。韻內吹打鬧元宵科曹獻忠白
夫人、你看街市上燈火喧闐、笙歌鼎沸、吩咐丫鬟們移

席到樓上大家賞翫一回、張氏白最好、衆丫鬟後樓整
備、各作出席隨撤席科後場設樓衆作上樓觀燈科仝
唱
又一體
玉樓翡翠凭闌眺。韻鋪搖火樹星橋。韻聽春冰
鐵馬響金鐃。韻看鼇山寶炬前搖。韻合六街中笙歌湧
濤。韻催花十八檀板敲。韻香浮繡簾蘭麝飄。韻人在蓬
壺讀此樂陶陶。韻雜扮衆看燈男婦各戴巾氈帽穿各
色道袍衫仝從上場門上坐地隨意發諢看燈科雜隨

意扮衆雜技全從上場門上各隨意發諢科全從下場
門下衆看燈男婦虛白亦從下場門下曹獻忠張氏曹
文兆曹賽英唱

中呂宮正曲　大和佛　竹馬兒童拴錦縧。韻　霓裳舞六么。韻　昇
平樂事閧和鬧。韻　仕女戲相調。韻　飛丸擲槊多奇妙。韻
嘯歌聲沸浙江潮。韻　一任穿花讀　踏月通宵杳。韻　並不
怕金吾知了。韻合　消停坐。句　待　吹落鈞天碧玉簫。韻　各
作下樓隨撤樓科衆全唱

慶餘

金鷄初唱天將曉。韻月淡星稀轉斗杓。韻一院子白

禀老爺、天將明了、曹獻忠白準備上朝去、院子應科

曹獻忠唱但願年年人月似今宵。韻衆仝從下場門下

◎

第十一齣　奉旌功匆匆就道　先天韻

雜扮四從人各戴馬夫巾穿蟒箭袖卒褂執儀仗引生扮黃門官戴紗帽穿圓領束金帶捧聖旨從上場門上衆遶場科仝唱

黃鐘宮正曲　出隊子　恩頒三殿。韻五色天書御墨鮮。韻一朝海內靖烽烟。韻金帛齎將去犒邊。韻合戰士爭看讀皇命布宣。韻作到科一從人白旨意下。內奏樂雜扮四院子各戴羅帽穿屯絹道袍繫鑾帶引外扮曹獻忠戴紗帽穿蟒束玉帶從上場門上作出門跪迎科黃門官作進門科白聖旨已到跪聽宣讀奉天承運皇帝詔曰國政莫大於禦戎軍機必先於足食茲者李晟等奮志忠勇殲除逆賊恢復邊疆朕心嘉悅特命兵部尚書曹獻忠齎御袍一襲寶劍一口名馬三十匹彩緞千端餉銀三十萬前往賞功兼宣朕嘉賚至意欽哉謝恩內奏樂曹獻忠作謝恩隨接旨付院子科白有勞天使降臨未

會遠迎多有得罪、黄門官白　老大人此去一路風霜須
是耐煩、曹獻忠白　此乃臣子職分之事、當得如此、黄門
官白　告回復命、曹獻忠作送出門科白　宣澤豈辭千里
遠、黄門官白　成功均喜萬方寧、四從人引黄門官仍從
上場門下曹獻忠作進門科雜扮四梅香各穿衫背心
繫汗巾小生扮曹文兆戴巾穿氅旦扮曹賽英穿氅引
小旦扮張氏戴鳳冠穿蟒束玉帶從下場門上張氏白
相公聖旨怎麽道來、曹獻忠白　且喜李令公平服李希

烈邊宇已得淸寧皇上命我齎賜御袍寶劍名馬銀緞等物前往賞功君命不宿於家就此登程張氏白相公爲臣固當盡忠爲子尤當盡孝我兒你須隨侍爹爹一同前去曹文兆應科仍從下場門下換蟒箭袖排穗佩劍隨上張氏白看酒來與老爺餞行場上設席張氏作送酒科唱

越調正曲　憶多嬌　皇命宣韻去遠邊韻執手相看各黯然韻此日遄征何日旋韻衆全唱合願早着歸鞭韻早着歸

鞭。疊免使心懸意懸。韻曹賽英唱

又一體兩淚漣。韻心掛牽。韻惟慮椿庭衰邁年。韻跋涉長途山與川。韻衆全唱合願早着歸鞭。韻早着歸鞭。疊免使心懸意懸。韻雜扮徐祥許茂各戴羅帽穿屯絹道袍繫鑾帶全從上場門上唱

越調正曲鬬黑麻將士趨承。讀門牆閙喧。韻劍戟凝霜。讀旌旗蔽天。韻全作進門跪科白稟上老爺五營兵將齊集外廂專候老爺起程。唱一箇箇齊執銳。句盡披堅。韻護

從隨行。讀候將令傳。韻曹獻忠白你二人可隨我同往
邊庭、徐祥許茂應科曹獻忠唱合離情萬千。韻從今各
一天。韻跨馬登程。句跨馬登程。疊難敎滯延。韻白夫人、
我此行呵、唱

又一體

竭盡微軀、讀忠心報捐。韻爲國忘家、讀古人有
言。韻張氏白老爺今爲王命遠行、家中可有甚麽吩咐、
曹獻忠白夫人、家中一切事務、你自能料理、惟有女孩
兒自幼失母、甞你撫養成人、向者許婚傅氏、已經多年、

前遣院子媒婆前去催其擇吉完姻、不想他立志修行、要往西天見佛救母、竟把庚帖送還、力辭婚媾、我爲此事心中不無牽掛、張氏白 女孩兒雖已及笄、還可少待時日、且待老爺回來、再爲商議便了、曹獻忠白 也說得是、唱 怎能彀招佳壻。句 遂良緣。韻 盼望佳期讀 何日紅絲締牽。韻 合 離情萬千。韻 從今各一天。韻 跨馬登程。句 跨馬登程。疊 難教滯延。韻 衆作拜別科仝唱

看 馬前頭一隊隊牙旗建。韻 同仰望欽差風憲。韻

此去旌賞邊功好將那德化宣。韻張氏曹賽英梅香院子仝從下場門下曹獻忠曹文兆徐祥許茂作出門科雜扮八將官各戴將巾穿蟒箭袖排穗持標鎗雜扮二中軍各戴中軍帽穿中軍鎧從兩場門分上仝白護從

老爺賞軍的衆將官衆軍校、與老爺叩頭、曹獻忠白衆將官、我今欽蒙皇命、速赴邊疆旌功賞能、務須晝夜兼行、切莫有悞欽限、但所過地方、不得騷擾民間、如違重究、就此起馬、衆應科雜扮二馬夫各戴馬夫巾穿箭袖

卒袜卒馬雜扮傘夫戴馬夫巾穿箭袖卒袜執傘仝從
上塲門上曹獻忠曹文兆各作乘馬科衆遶塲科仝唱
雙調正曲 朝元令 綵旄繡斾○韻高逐天風捲○韻雕鞍錦韉○韻
不憚王程遠○韻過曲岸長堤○句晴郊芳甸○韻暖送春風
拂面○韻看雲拖匹練○韻鎖青山一行斷復連○韻桑柘滿
郊原○韻烟村夕照邊○韻合人民安宴○韻喜今日太平重
見○韻太平重見○疊仝從下塲門下

第十二齣 臨絕命草草託孤 蕭豪韻

小旦扮劉巫雲穿衫從上場門上唱

越調引 風馬兒 盼望良醫心轉焦。韻 嚴親病卧昏朝。韻 老旦扮乳母穿老旦衣從上場門上唱 聽烏鴉。讀 不住簷前呌。韻 吉凶未卜。句 心憂戚意煎熬。韻 場上設椅各坐科劉巫雲白 衰年老病苦難支、幼女無依念在茲。乳母白 老健春寒秋後熱、縱然熬得沒多時、小姐我家老員外掙下萬貫家私不想染成一病數月以來茶飯減少骨瘦如柴日重一日如何是好劉巫雲白奶娘奴家正爲爹爹這兩日身子越加沉重恐怕不濟事了怎生是好乳母白老身已喚文童再去請箇醫生到來診脈調治小姐你我去且扶他出來坐坐劉巫雲虛白各起隨撤椅科劉巫雲白爹爹扶你到外廂來坐坐作扶外扮劉廣淵戴巾紮包頭穿道袍繫腰裙從上場門上唱

又一體

老病垂危難打熬韻捹得箇委蓬蒿韻歎閨中

讀 幼女無依靠。韻 尋思就裏。句 身外事總虛囂。韻 場上

設桌椅各坐科劉廣淵白 老夫劉廣淵、一生篤信長厚、掙下家私頗饒、老年無子、只生一女、小字巫雲、荊妻棄世、巫雲幼隨乳母過活、尚未許配人家、我有一族妹、嫁在傅門、乃是良善人家、不料年來他夫妻雙雙相繼而亡、還有一族弟劉賈、連日也不來看我、不料我一病如此、若有差池、但是此女教他依靠何人、劉巫雲白 爹爹是病中之軀、請自寬心、今日身子可好些麼、劉廣淵白

比昨日更覺沉重（乳母白）老員外我教人請醫生去了（劉廣淵白）就喫藥只怕也不中用的了（乳母白）老員外不要愁煩病中第一要耐煩些切莫思前想後藥是要喫的若是不喫藥怎生得這病好（劉廣淵唱）

雙調正曲　朝元令　岐黃謾勞（韻）痼疾如何療（韻）參苓謾調（韻）衰體應難保（韻）（乳母劉巫雲唱）須要遍覓良醫（句）自能奏效（韻）會看二豎潛消（韻）（劉廣淵白）我兒做爹爹的就是放不下你（乳母白）老員外小姐雖是年小也不須只

管記掛在心。唱少不得句咏桃夭。韻姻緣定應鵲駕橋。
韻不用偲心焦。韻自有乘龍佳壻招。韻合可惜無親相
靠。韻悲悲歎歎。讀思之悲悼。韻思之悲悼。疊丑扮文童
戴網巾穿道袍繫鑾帶引副扮駝醫生戴巾穿道袍雜
扮背藥箱人戴氊帽穿喜鵲衣繫腰裙背藥箱仝從上
場門上駝醫生唱

雙調　字字雙

正曲

學生醫道果然高。韻包好。韻文童唱招牌
年久字全消。韻落掉。韻駝醫生唱我夏天慣賣暖臍膏

韻文童唱胡鬧。韻駝醫生唱合消食丸散哄兒曹。韻文

童唱騙鈔。韻騙鈔。疊駝醫生白小哥、不是騙鈔、這是我

們背藥箱的家傳、文童白此間是了、請少待、作進門科

白奶娘、駝先生請到了、乳母白請進來、劉巫雲從上場

門下文童作出門引駝醫生進門背藥箱人隨進放藥

箱科文童從下場門下乳母白先生、老員外是年高的

人、病了兩箇月了、請先生看看脈、看病勢如何、駝醫生

虛白作診脈科唱

雙調集曲 金馬朝元令 金字令首至六

渾身火燒。韻 胸膈多煩躁。韻

一息怎熬。韻 肌肉全消耗。韻向乳母白 脈却沒有了、快些打點辦理後事要緊只在今日明朝了、唱 縱使仙曹。韻 難施藥妙。韻劉廣淵白 先生怎麼說、乳母白 先生說不妨事、駝醫生白 可憐這老人家是箇好人我也時常承他老人家看顧的、唱五馬江兒水三至五 歎 斯人斯疾。句似蕙草霜凋。韻 我也不禁淚珠拋。韻白 不必喫藥了、急忙早備後事罷、唱 這 病症費推敲。韻便 盧醫也

難效。韻作出門科從下場門下背藥箱人隨下乳母作請劉巫雲從上場門上設椅坐科副扮劉賈戴巾穿道袍從上場門上唱金字令合至末

我爲族兄病倒。韻未審他吉凶何兆。韻因此登門問消耗。韻作進門相見設椅坐科白大哥、你病體可好些麽、唱

雙調正曲　朝元令

看他蕭踈鬢毛。韻似病鶴雙翎槁。韻劉廣淵唱神魂蕩搖。韻如柳絮隨風攪。韻劉賈白大哥用心調理、劉廣淵白兄弟、多謝你來看我、唱堪歎我舉目煢

煢。句難禁悲悼。韻堪歎身如秋草。韻命若鴻毛。韻黃泉
路渺也不憚遙。韻劉賈白大哥還望你好怎講這話、劉
廣淵唱四大不堅牢。韻人生水上泡。韻白我死也索罷
了、只是我這苦命的女兒未許人家無人照看、劉巫雲
作哭科劉廣淵唱合可惜無親相靠。韻悲悲歎歎讀思
之悲悼。韻、思之悲悼。疊白兄弟我有一樁緊要之事一
向要對你說你哥哥年老無子只有這箇女兒今日病
危要將你姪女托你照管所有家私你可分取一半留

取一半與我孩兒日後長大成人全要賴你聘嫁、劉賈白哥哥我劉賈從來不做瞞心昧己負義的人哥哥以姪女相托自當視同親生一般豈有分取一半家私的道理、劉廣淵白兄弟難得你如此好心我兒過來拜了叔父、劉巫雲作拜科乳母劉巫雲仝虛白作扶劉廣淵出桌隨撤桌椅科劉廣淵白兄弟、唱

雙調正曲　海棠賺　你是箇仁義英豪。韻不負我臨終語絮叨。韻若得他締鸞交。韻我便孤魂埋葬在荒郊。韻倘是能

知曉。韻却也 瞑目黃泉念慮消。韻感你 不負同宗情義
高。韻白 兄弟自今以後你當視爲嫡女兒你日後長大
成人嫁到人家去時呵 唱 須念 我劬勞。韻你 逢時好把
墳塋掃。韻白 我在泉下 唱 掀髯一笑。韻 掀髯一笑。疊白
我這一會心上慌的緊汗又澆下來了可扶我進去 乳
母劉巫雲作扶劉廣淵從下塲門下劉賈虛白科乳母
仍從下塲門急上白 不好了員外棄世了 劉賈白 住了
你們且不要哭可去取出些銀子來快些置買棺槨備

辦後事要緊、乳母向下取銀隨上付劉賈科白這是白銀一百兩、二官人快些料理料理、劉賈接銀作出門科白正是人生在世如春夢、一旦無常萬事休、仍從上場門下乳母白你看這人將來到底不好、唱

慶餘　他來探取這凶音耗。韻豈便可將他倚靠。韻只恐怕惡計謀爲這家私有動搖。韻從下場門下

第十三齣　搜空毉弱息飄零　寒山韻

小旦扮劉巫雲穿衫從上場門上唱
南呂宮引　臨江梅　覽鏡年華驚暗換。叶　愁多減却朱顏。韻　老旦扮乳母穿老旦衣從上場門上唱　繡幃相伴怯春寒。韻　劉巫雲仝唱　幽恨漫漫。句　珠淚潸潸。韻　場上設椅各坐科劉巫雲白　天仙子　碧雲冉冉蘅皐暮、彩筆空題腸斷句、欲遣閒愁遣不得、乳母白　下珠簾、掩鏡戶、沉沉惟有春知處。劉巫雲白　奴家劉氏小字巫雲年將二八。命蹇孤單。幼年喪母。如今老父又喪。將我付託遠房族叔劉賈照看家務。誰知他欲占家私。百般凌逼。好生懊惱人也。乳母白　小姐。你且耐煩些。再做道理。劉巫雲白　保姆。我那族叔呵。唱

南呂宮正曲　瑣窗寒　他胸中久蓄神奸。韻　假做慇懃將鬼瞞叶　只道水源木本讀　護惜孤孱。韻　誰知鯨吞虎踞讀　橫行里閈。韻　倒把人　親生女視同冰炭。韻　合　前番。韻　原來

引寇自開關。韻眼見得一朝占去家産。韻副扮劉賈戴巾穿道袍從上場門上白爲仁不富、爲富不仁、我劉賈爲因我族兄無子、止生一女、且喜他臨終的時節、將女兒託我照看、一應田地我都收管過了、還有這些家資、叵耐這妮子、自家霸占、不肯與我收管、我今日特來尋他些事端、即便趕他出去便了、作到進門科劉巫雲起白叔叔、我父親掙下這許多家資、他雖無子嗣、我做女兒的、也該應得的、你怎生不念親情骨血、都已强占了

去今日又來做甚麼、劉賈白　這所宅子、不是家貲麼、你
是女生外向、怎麼有這房子與你住、快搬出去、劉巫雲
白　叔叔、你還道我有甚金銀藏在家裏、故此要趕我出
去、如今隨你搜便了、劉賈白　我也不消搜得、只是與我
快快搬出去、乳母白　二官人、小姐是未出閨門的女兒、
老員外在日、何等樣愛惜他、如今要趕他出去、教他往
那裏去、劉賈白　門前那些破屋、難道住不得麼、乳母白
二官人、我家老員外、掙下這偌大家貲、止生得這點骨

肉、反要趕他到破屋裏去住、於心何忍、劉賈作怒科白

誰要你多嘴、唱

又一體

歎吾兒子嗣多艱。韻苦積貲財也等閒。韻兄終弟及讀大義如山。韻乳母白你是老員外族中兄弟小姐乃是老員外嫡親女兒、劉賈白自古道女生外向、唱論無兒伯道讀我是劉氏親枝血榦。韻肯把文姬作蔡家人算。叶乳母白如今小姐尚未出嫁、怎麼說是外向、劉賈白你這老賤人、敢在我跟前搖唇鼓舌、唱合此番。

韻 和你沒交關。韻 那容潑賤強悍。韻 作提打乳母科 劉
巫雲作攔勸科白 叔叔請息怒何消打他我就讓這所
宅子與叔叔便了只是我不出閨門的女流教我往那
裏去那花園空閒着只算借我住住如何 劉賈白 這也
罷了只是宅子內一草一木都是我的不許你拿出去
乳母白 小姐自已的粧奩難道也不容他帶去 劉賈白
這箇我也要搜檢過了纔許拿出去 劉巫雲唱
南呂宮集曲 瑣窗郎 瑣窗寒首至四 我伶仃一女形單。韻 沒依靠緣

命慳。韻白 爹爹、唱你 招災惹禍、讀把我 斷送兗頑。韻將

我篋笥、讀 粧臺搜看。韻賀新郎八至末 摒把 家私都讓伊承

管。叶 荒徑裏。句 共愁歎。韻乳母向下取粧奩書籍隨上

劉賈作檢查科白 這些都讓你拿去、只是這書籍都是

我哥哥的怎麽也拿去了、劉巫雲白 奴家一生不愛金

銀雅好文墨這些書便讓與奴家罷、劉賈白 若論這些

書籍我左右用不着便與了你也要曉得我的好處、唱

又一體 我將伊骨肉相看。韻 把黃卷付雲鬟。韻乳母白

這也是虧殺你不識他、所以不用、劉賈白怎麼虧殺我不識他、乳母唱若知書識字、讀腹有文翰。韻怎肯便把骨肉、讀周親厮趕。韻劉巫雲白保姆、我們不要與他對嘴、快些去罷、唱摒把家私都讓伊承管、叶荒徑裏。句共愁歎。韻從下場門下乳母隨下劉賈白且喜他搬去了、只是粧奩裏面、還有許多金珠首飾、不曾留得他的、這便怎麼處、有了、另日再呌人偷他的來便了、巫雲唱

尚按節拍煞、非吾狠毒施謀幹。韻只爲與兒孫置產。韻

須信道財要尋人也不難。韻從下場門下

第十四齣　飽老拳賢甥窘辱　東鍾韻

生扮羅卜戴巾穿道袍帶數珠從上場門上唱

中呂宮正曲　粉孩兒

哀哀的讀殯先靈入墓塚韻淚潸潸哽咽讀腸斷悲痛韻空宵寂寞夢裏逢韻醒來時冷雨淒風韻白想我母親皆因聽信讒言一時錯念造作多般罪業今蒙觀音大士垂慈點化若要解脫母難免受重泉之苦必須即往西天求佛救度方得釋罪消災我便

送母歸山、當卽日起身前往、唱合辦西行浮踪浪跡。句虔誠念救親爲重。韻白我不免進內檢點行李、卽便起程便了、從下場門下副扮劉賈戴巾穿道袍從上場門上唱

中呂宮正曲　紅芍藥

鑽街鼠。句剔透玲瓏。韻貪婪性斷絕親朋。韻慣使强梁逞豪橫。韻爇火囤尋頭覓縫。韻白我劉賈平日最在銀錢上做工夫的、不想我的族兄掙下偌大的家私、忽爾一病身亡了、又無兒子承受止生得一

箇女兒年紀幼小、却被我盡行霸占、那顧人倫、豈非是
天賜我這場富貴、也只是可惱外甥傅羅卜、甚是可惡、
我家姐姐死了、奈我在外貿易、所以不曾去得、誰料他
竟自出了殯了、也不來通知我、這畜生全不以親長在
眼裏、我着實氣他不過、今日去與他厮鬧一場、他若是
自知情虛、拿些什麼東西孝敬孝敬我、我只怕纔肯饒他
唱我尋思。句此事怎放鬆。韻去和他一場喧鬨。韻合除
非是禮物通融。韻則除他錢財多奉。韻作到進門科白

裏面有人麽 羅卜從上場門上唱

中呂宮正曲 耍孩兒 剝啄何人聲相鬨。韻 末扮益利戴羅帽穿屯絹道袍繫𦈢帶帶數珠從上場門上唱 因甚頻呼喚。句 疾忙的揭取簾櫳。韻 劉賈作怒科白 怎麽叫了半日並無人來接待麽 羅卜作相見科白 原來是娘舅來此請到裏面坐 益利白 舅爺來了看茶 劉賈白 我今日有句說話特來講講 羅卜白 娘舅念外甥爲母喪守制屢次奉請因你遠出未曾爲禮今幸駕臨伏乞恕罪 劉

賈白　你是貴家公子、何罪之有。羅卜白　娘舅、唱念慈親。
句　一朝命斷南柯夢。韻　男不肖、讀　罪孽多深重。韻合　但
提起心酸痛。韻　劉賈作怒科白　我要請教你、你母親既
得了暴病而亡、我因出外生理、所以不曾來得、你既然
揀了出殯的日子、怎麼偏偏打聽我病了的時節、就要
出殯、其中必有緣故、甚是欺我。羅卜白　娘舅請息怒、外
甥豈有私心敢爲欺誑、況曾着人奉請過幾次的、益利
白　老奴也曾請過好幾次的、劉賈白　一派荒唐、誰來信

你、唱

中呂宮正曲　會河陽

聽汝言詞、讀令人怒冲。韻將虛情套禮假謙恭。韻難容。韻逞口內波瀾、讀舌根劍鋒。韻强分辯胡廝弄。韻羅卜益利唱合請停嗔。句容細細把情原控。韻休傷。句甥舅的情深重。韻劉賈白我也和你講不出什麼道理來、與你到當官去告理、你該應把母舅欺夌藐視麼、羅卜益利白請息雷霆之怒、不須如此、還是看先人之面罷、劉賈白多講、唱

中呂宮正曲　縷縷金　難寬恕。句　怎相容。韻　藐視尊行也。句　我恨無窮。韻　羅卜益利唱　還望停嗔怒。句　願甘陪奉。韻　劉賈唱　怪伊行將我厮欺弄。韻　合　扭向官前控。韻　扭向官前控。疊　丑扮劉保戴小兒巾穿道袍從上場門上唱

中呂宮正曲　越恁好　急忙前去。句　急忙前去。疊　去勸阿家翁。韻白　自家劉保的便是可笑我家父親近日已曾謀占了族中大爺的家私如今又想訛詐傳表兄與他厮鬧為此我特地到來勸他回去來此已是了不免進去、作

進門虛白科劉賈白你這沒理的畜生我不與你干休、唱你欺吾懦弱。句視木偶一般同。韻羅卜益利白這却怎敢總求寬恕、劉保白老爺子、你好胡鬧、表兄是箇老實人、唱莫教有汚玷家風。韻惹人譏諷。韻劉賈白誰要你多管、羅卜白表弟來的恰好、望你勸勸、劉保白這箇着我、劉賈白閃開、和你到官去講論、劉保虛白發諢科羅卜益利白請娘舅回去、容當到府叩謝、唱合望停威讀休得把無明動。韻告尊行。讀念往日親情重。韻劉賈

白 你不來順着我到來拗我麼、劉保白 我勸你回去是正經、劉賈白 什麼正經、劉保白 常言道子在父不得自專、劉賈白 好畜生這樣胡說父在子不得自專還虧說出這樣的話來、劉保虛白作推劉賈出門科唱

中呂宮正曲 紅繡鞋 疾忙歸去如風。韻 如風。格 怎教至此行兜。韻 行兜。格 使憊懶。句 逞威雄。韻 思金帛。句 想抽豐。韻 合 把妄想。句 一場空。韻 劉賈劉保隨意發諢科全從下場門下 羅卜益利唱

慶餘　無端惹却閒相鬨。韻冷暖由他厮弄。韻羅卜唱我

速整行裝辦西行處意竦。韻全從下場門下

第十五齣　度危橋惡鬼驅行　古風韻

場上設金橋銀橋奈河橋科雜扮四皂隸鬼各戴皂隸帽穿箭袖繫皂隸帶持器械引丑扮三河主簿戴紮紅紗帽穿圓領束金帶雜扮執扇鬼卒戴鬼髮穿箭袖繫搭包執扇隨從右旁門上主簿唱

雙調正曲　普賢歌　官居主簿在幽冥。韻　掌管三河頗有聲。韻　過金橋的款款登。韻　過銀橋的穩穩行。韻合　過奈河橋的教他受極刑。韻白 自家原是汴州刑房書吏、從來出入公門、周全人的性命、夏間在監中施藥、冬間在監中捨薑湯、慘遭李希烈造反、死在亂軍之中、閻羅說我在生並無過惡、委我做箇管河主簿、執掌三河、但有亡人到此、都要照驗施行、手下用心看守橋梁者、衆皂隸鬼應科仍全從右旁門下雜扮五長解鬼各戴鬼髮額穿蟒箭袖虎皮卒褂繫虎皮裙持器械帶旦扮劉氏魂穿舊衫繫腰裙從右旁門上長解都鬼唱

高大石調正曲 窣地錦襠 潑婦一路受愆尤。韻 敎你修時不肯修。韻 劉氏魂唱 夕陽西下水東流。韻合 野草閒花滿地愁。韻 長解都鬼白 前面是三河渡口、有奈河橋要你潑婦受罪、劉氏魂白 請問長官何謂奈河橋、長解都鬼白 這惡婦不知、那奈河橋中、有的是銅蛇鐵犬、慣會殘人身體、受過了千般苦楚、又被業風吹成活鬼、仍往前途受罪、不善之人、必須要過此橋、劉氏魂白 長官、只怕難過、長解都鬼白 陰司法度、誰敢容情、作到科一皂隸鬼

從右旁門上白　那裏來的鬼犯、長解都鬼白　相煩通報、

劉氏帶到了、皂隸鬼虛白通報科三皂隸鬼引主簿從

右旁門上場上右側設公案桌椅入桌坐科五長解鬼

帶劉氏魂跪見科長解都鬼呈公文主簿作看科白　原

來傳門劉氏、乃是作惡之人、與我打着、內白　善人到、皂

隸鬼稟科主簿白　善人既到、可將惡人鎖在那邊、待我

慢慢勘問、五長解鬼作帶下劉氏魂科雜扮金童戴紫

金冠穿氅繫絲縧執旛雜扮玉女戴過梁額仙姑巾穿

髦鬆絲絛執旛引三善人末扮段秀實戴紗帽穿圓領
束金帶生扮鄭虔夫戴巾穿道袍旦扮陳桂英穿衫從
右旁門上仝唱

越調正曲 憶多嬌 紅靄霏。韻 紫氣垂。韻 導引幢旛仙樂隨。韻
片片雲霞飛襲衣。韻合 大義無虧。韻 大義無虧。疊 超入
在恩榮隊裏。韻 作相見科金童呈公文主簿作看科白
原來忠臣孝子節婦、俱是爲善之人、捹死一身輕似葉、
孝名千古重如山、三善人白 非欲做番驚世事、各知求

箇此心安、主簿白 就與掛號、作寫公文仍付金童科白

請過金橋、三善人白 多謝尊神、唱

雙調集曲 江頭金桂 (五馬江兒水首至五) 須要是扶持名教。韻休似那

貪生畏死曹。韻滾白 想人生世上爲臣的死忠爲子的

死孝爲妻的死節、唱今日裏聲聞宇宙。句氣薄雲霄。韻

好名兒向青史標。韻作到金橋科金童玉女白 請善人

登橋、作引三善人仝上金橋科三善人唱 (金字令五至九) 請

吾曹登此金橋。韻把金河過卻。韻從此超昇天府。句擢

用天曹。韻永享天宮樂事饒。韻作過橋科金童玉女引從左旁門下塲上撤金橋現銀橋科主簿衆皂隷鬼唱

桂枝香 七至末

歎人爲善好。韻善人堪表。韻合到今朝。韻方顯是善人自獲天相佑。句不枉陽間走一遭。韻主簿白帶劉氏過來、五長解鬼帶劉氏魂跪見科劉氏魂白老爺後來的先去先來的倒不發落老爺斷事不公了、主簿白好惡婦你倒說我的不是與我着實的打、內白善人到、主簿白將惡婦仍鎖在那邊、劉氏魂白可憐見先

發落我罷、五長解鬼作帶下劉氏魂科雜扮金童戴紫金冠穿氅繫絲縧執旛雜扮玉女戴過梁額仙姑巾穿氅繫絲縧執旛引三善人淨扮僧明本戴僧帽穿僧衣繫絲縧帶數珠生扮道貞源戴道巾穿水田道袍繫絲縧帶數珠老旦扮尼貞靜戴僧帽穿老旦衣繫絲縧帶數珠從右旁門上仝唱

雙調引 玉井蓮 淨土禪機。韻撒手沒些泥水。韻作相見科

金童呈公文主簿作看科白 原來是僧道尼師、也俱是

樂善之人、就與掛號、作寫公文仍付金童科白　請過銀

橋、三善人白　多謝尊神、唱　一隊隊旛幢引導。韻行過處

雙調江頭金桂五馬江兒水首至五

集曲

紆廻雲路遙。韻都則爲焚修誠篤。句道行清高。韻荷嘉

言賜寵褒。韻作到銀橋科金童玉女白　請善人登橋、作

引三善人仝上銀橋科三善人唱金字令五至九　請吾曹登

此銀橋。韻把銀河過却。韻從此超昇天府。句擢用天曹。

韻永享天宮樂事饒。韻作過橋科金童玉女引從左旁

門下場上撤銀橋現奈河橋科五長解鬼唱桂枝香七至末

歎人爲善好。韻善人堪表。韻合到今朝。韻方顯是善人自獲天相佑。句不枉陽間走一遭。韻主簿白帶劉氏過來五長解鬼帶劉氏魂跪見科劉氏魂白後來兩起都先過去了可憐犯婦在此風吹日曬老爺再不發落就沒有慈心了主簿白非我不發落你且待你看看善人的榮耀你開葷猶可燒燬齋房送了多少殘疾僧道的性命都在枉死城中等着你劉氏魂白佛語云看盡彌

陀經念盡大悲咒種瓜還得瓜種荳還得荳我丈夫在
時諸品經典各樣神咒俱已念過到此不能得渡金橋
銀橋這便是種瓜不得瓜種荳不得荳了老爺　主簿白
這佛語本有八句爲何不念後四句　劉氏魂白　不記得
主簿白　那是不記得說着你的病痛待我念來經咒本
慈悲寃結如何救照見本來心做者還他受　劉氏魂白
佛語曰看經未爲善作惡未爲怨莫若當權時與人行
方便爺爺何不行箇方便金橋料無我分只願銀橋過

去罷、主簿白 你不能過此橋、劉氏魂白 怎麽過不去、主簿白 上等過金橋中等過銀橋你是下等作惡之婦要過奈河橋冥府長解爾等可押着要這惡婦過奈河橋去到橋心使他陷在波中銅蛇鐵犬自然殘其身命又有業風吹成活鬼仍往前殿受苦不得有違、作付公文長解都鬼接科主簿衆皂隷鬼仍從右旁門下隨撤公案桌椅科五長解鬼帶劉氏魂遶場作到奈河橋科劉氏魂唱

仙呂宮正曲　月兒高

纔到奈河橋。韻令人魂自消。韻險疑天地設。句滑似滾油澆。韻犬湧千層浪。句蛇翻萬頃濤。韻

合當初信讒言。句豈料有今朝。韻

我也曾持齋茹素。句善果將成就。韻因聽

雙調正曲　金字令

兄弟言。句滾白忽然間開葷飲酒。唱作事多差謬。韻令見這獨木危橋。句成羣猛獸。韻教我進退無門。句落得這場僝僽。韻滾白有口難分有冤難訴。唱瞻前顧後。教我空淚流。韻長解都兒白衆兄弟將這惡婦鐵鎖去了

使他受銅蛇鐵犬之苦我們自從橋上過去罷作與劉氏魂去鎖各上橋立科劉氏魂作上橋滑跌科唱橋下

水悠悠。韻滔滔都是愁。韻合鐵犬搖頭。韻銅蛇張口。韻奈河橋兒敎我怎走。韻作上橋復跌下奈河科地井出銅蛇鐵犬爭食科劉氏魂墮從地井下地井內出衣服骷髏切末科五長解鬼唱

中呂宮正曲

駐雲飛

獨木危梁。韻兩岸迢迢萬里長。韻橋上逃烟瘴。韻橋下翻波浪。韻嗏。格你行險正相當。韻報施

不爽。韻地獄天堂讀皆出在人心上。韻合當日箇造惡陽間把善念忘。韻今日裏受罪陰司將業報償。韻雜扮風鬼戴鬼髮穿蟒箭袖繫肚囊執烟旗引劉氏魂從右旁門旋上科風鬼從左旁門下五長解鬼作下橋鎖劉氏魂科仝從左旁門下

第十六齣　臨遠道義奴灑泣　古風韻

末扮益利戴羅帽穿屯絹道袍繫縧帶帶數珠從上場門上唱

中呂宮引　菊花新

辭官未已又辭婚。韻嗟我東君意忿肫。韻主僕義攸存。韻須替取這番勞頓。韻白盧墓三年久。又辦西行道。牽衣問歸期。淚落沾懷抱。我東人爲因救母欲往西天叩佛。超度老安人。免受輪廻之苦。蒙東人命

我整頓行囊今已打疊完備我意欲禀告東人願以此身代往但不知小主人意下如何且待出來告禀則箇

生扮羅卜戴巾穿道袍繫縧帶帶數珠從上場門上唱

商調引 接雲鶴 程途迢遞路偏長。韻不知何日到西方。韻

白 益主管行囊可曾齊備否 益利白 已齊備了 作跪科白 益利有事告禀 羅卜白 起來講 益利作起科白 益利不爲別事所爲今日官人西行老奴意欲替代主人前去望祈官人依允 羅卜白 叅謁活佛以救親母豈容你

代得、益利白 既不容代行、益利願隨與官人同去何如

羅卜白 不消如此、我家三代以來布施齋僧未嘗有缺

我如今遠行、並無別人可託家中佛事、盡皆託付於你

你當依舊盡心使我不墮先人之志、即是你一番仁義

也何用同行、益利白 東人、蓋聞家主分同君父之尊若

論僕人義猶臣子之比若以代行不允同去不從雖益

利有報主之心亦無用力之地、深爲慚愧之至矣、羅卜

白 亦不消執意而論、益利白 如此益利只得從命了、中

場設香案帳幔桌上掛三官堂匾科羅卜白　焚起香來
待我辭別神聖、作拈香禮拜科唱
越調集曲山桃紅下山虎首至四　三官聖帝。句　聽吾拜稟。叶爲　因救
母修行。韻　暫違明聖。韻小桃紅六至合　伏望消災眚。韻　仰冀
垂靈應。韻　一路去登山嶺。讀　涉水程。韻　都獲安寧平靜。
韻格下山虎八至末　也。　看指日虔心到化城。韻合　急把行囊
整。韻　擔母像佛經。韻　去躦山程兼水程。韻隨撤桌帳科
益利向下取經擔隨上仝作出門科益利唱

又一體

尋思展轉。句 感愧交增。韻 家主的恩難罄。韻 如何報稱。韻白 今日此行呵、唱 愁的是登山嶺。韻 愁的是涉水程。韻 我欲身代往、讀 伴途中。句 奈兩事俱不聽。韻也。格恁 櫛雨梳風怎慣經。韻羅卜仝唱合 欲別成俄頃。韻 不禁淚零。韻 哽咽西風腸斷聲。韻益利作拜別科唱

南呂宮引 哭相思

萬種離愁萬里程。韻羅卜唱 一頭挑母一頭經。韻 西天見佛終須到。句益利唱 老僕無能代主行。韻作付經擔科羅卜作接擔科白 益主管、家中佛事要

緊爹娘墳上望你照着、各從兩塲門分下

勸善金科第七本卷下

第十七齣　三炁神慧炬揚飈　庚青韻

雜扮十六火卒各戴馬夫巾穿蟒箭袖卒褂紮火旗執火器從兩場門分上跳舞畢分侍科淨扮火神戴紅髮紫金冠紥靠襲蟒束玉帶從上場門上雜扮傘夫戴馬夫巾穿蟒箭袖繫肚囊執傘隨上火神唱

中呂宮引　菊花新　咸陽炬後焰還騰。韻欲掃人間蕪穢清。韻驅電御雷霆。韻誰如我赤心烈性。韻白吾乃丙丁離位火德星君是也今有三台北斗神君奏達玉帝道大唐王舍城有一惡棍劉賈害衆成家天理難容今又凌辱傳家孝子奪取族兄家產惡貫滿盈速當懲以惡報今奉玉旨焚燒其家火部衆神何在（衆應科火神白）就此駕雲前去（衆遶場科仝唱）

南呂調隻曲　番竹馬

欽奉靈霄勅命（韻）一霎裏下南天（讀）烈焰騰騰（韻）走金蛇千百條（句）火勢兒（讀）隨着那風威交迸（韻）看崑岡上（讀）玉和石無餘剩（韻）恁貪婪性本生成

韻盡將家計經營。韻便金穴銅山讀看融化只爭俄頃。
韻昧心人讀恁可也猛思省。韻到此際勢焰如冰。韻呀。
格奉行天討。句好將俺烈轟轟離德昭明。韻全從下場

門下小生扮朱紫貴戴巾穿道袍從上場門上白鳳立

高崗鳴曉日。龍潛滄海待春雷。自家朱紫貴。因父喪。他
鄉蒙傅大官人施棺殯葬。已爲銘感不盡。誰知早將我
岳母妻子。從賊營中贖取回來。深蒙厚德。却得骨肉相
依存。活幸入黌門。今在劉賈家中教學。但其子頑劣實

難教導。況我看這劉東家一味爲人險惡害衆成家。如此作爲。後來必有惡報。閒話之間不覺日已過午了。且待劉保午飯來時。必須嚴訓一番。場上設桌椅轉場入坐科丑扮劉保戴小兒巾穿道袍持書包從上場門上

唱

中呂宮正曲　越恁好　先生何日。句　先生何日。疊　扶病轉家庭。韻　省得　嘵嘵終日。句　追功課炊閧與。韻　這朝無奈書吏生。韻　逼人性命。韻　白　這怎麽處呸。唱合　無過是　讀　栗暴

也頭皮硬。韻無過是讀吆喝也雙睜瞪。韻作相見科朱紫貴白怎麽這時候纔來、場上設椅劉保虛白坐科朱紫貴白看孝經來、始於事親、中於事君、終於立身、劉保作虛白發諢科朱紫貴唱

又一體

用功勤讀。句用功勤讀。疊須把寸陰爭。韻趁此青春年少。句經和史課窗燈。韻把心猿意馬休縱騰。韻潛心自省。韻合還須改。讀戲耍也須皮性。韻還須戒讀躲學也喬裝病。韻副扮劉賈戴巾穿道袍從上場門上

白
終日思財鬧氣淘上牀猶自想來朝當家爲甚頭先
白一夜躊躕計萬條我前日到姐姐家中與外甥空惹
一場鬧氣一些財物也不曾想到手不料被我家這兒
子去一頓胡言亂語竟將我勸了回來至今還氣他不
過來此已是書房了怎麼不見用工待我進去看一看
朱紫貴起隨撤桌椅科白東翁來了劉賈虛白塲上設
椅各坐科劉保白爹我念了幾年書了劉賈白整整有
三年了劉保白還是整整三年一部百家姓我有了一

半、還要怎麽、劉賈白 怎麽、三年一部百家姓、纔有了一
半、朱紫貴白 聽他胡說、目下現在念孝經了、劉賈白 念
孝經了、麽先生我和你飲幾杯酒有幾句話要說、小厮
看酒來、雜扮書童戴網巾穿道袍繫鑾帶持盤盞從上
場門上作送酒科隨下場上設桌椅各入席坐科劉保
作虛白發諢科劉賈唱

又一體 殷勤斟酒。句 殷勤斟酒。疊 把盞送先生。韻 只願
孩兒成器。句 凌雲早取功名。韻 看光宗榮祖門祚興。韻

須當厚贈。韻白若是教誨懈弛、唱合休嫌我、讀慳吝也修金省。韻休嫌我、讀粗疎也無恭敬。韻白先生可當我的面前出箇對兒試兒子才學何如、朱紫貴白有理學生聽對、劉保虛白發諢科朱紫貴白亭亭竹節高、劉保白哩哩蓮花落、劉賈白這是什麼說話、先生少出幾箇字與他對罷、朱紫貴白斟玉酯、劉保白跌金甌、劉賈白一發可笑、先生多出幾箇字與他對、朱紫貴白九重殿上列兩班少俊惟賢惟才、劉保白十字街頭叫一聲老

爺、剩菜剩飯、劉賈白 好畜生、先生、三年以來、教的都是
討飯的口氣、朱紫貴白 這是他的頑皮我豈是這樣教
他的、劉賈白 我這兒子、可成得成不得、朱紫貴白 我看
令郎、要成大器也難、劉賈白 既不能教他成人、我請你
來做甚麼、唱

中呂宮正曲 駐馬聽 何德何能。韻 也在人家教學生。韻 略曉
些 詩云子曰。句 者也之乎 讀 便說明經。韻 三墳五典讀
未曾。韻 那 素餐尸位君須省。韻合 速返家庭。韻 東修早

繳免他日肥拳領。韻朱紫貴唱

又一體

困頓諸生。韻運蹇時乖遭汝輕。韻我一似龍藏碧海。句鳳處深林。讀匿彩潛形。韻庸人之眼不分明。韻道秀才生定窮酸命。韻合貧富相爭。韻白老東翁告別了、唱早辭一日庶免却那災星。韻盧白作出門科從下場門下書童從上場門急上白員外不好了、後面失了火了、各處白全從下場門下衆火卒持火器切末從兩場門各分上遶場分立科火神從上場門上場上設椅火神椅上立科老旦扮劉賈妻穿衫雜扮二院子各戴羅帽穿屯絹道袍背箱籠包褁急從上塲門上劉賈劉保書童隨上衆全作驚慌科白 阿呀不好了、唱

又一體

火焰騰騰。韻 禍降從天心戰驚。韻 把家私 盡成焦土。句 產業資財 讀 化雪銷氷。韻 劉賈妻白 官人、這都是你行事宄惡、騙害良民、所以今日有此惡報、唱 恢恢天網甚分明。韻 看來心術原須正。韻 劉賈唱 合 羞見先生。韻 恨 一朝窮苦 八字兒 原由命。韻 白 罷了、家私一敗

如灰無門可告、劉保白想來沒有先生不是、劉賈虛白劉保白他說後來畢竟要去哩哩蓮花落、各虛白全從下場門下火神下椅隨撤椅科白焚燒已畢、回覆三台北斗神君法旨便了、衆應遶場科全唱

慶餘

把他家私燒盡無遺賸。韻這貧富原來不定。韻火神白待把那劉賈的火災、唱當暮鼓晨鐘喚世情。韻衆全從下場門下

第十八齣　萬里程孝心問路　東鍾韻

生扮羅卜戴巾穿道袍繫鑾帶帶數珠擔經擔從上場

門上唱

仙呂宮正曲　步步嬌　鷲嶺迢迢猴江迥。韻　緊把前程趲。韻　孤

兒歎轉蓬。韻　隻影斜陽。句　也無隨從。韻合　佛語母眞容。

韻併　挑來一擔須彌重。韻　場上設桌作放經擔科白　我

羅卜感得觀音菩薩點化將母儀容裝在一頭與佛經

正爲一擔、竟往西天叅見活佛、天色尚早、且再趲行幾里、趲得一步、便與西天近了一步、作取經擔擔科唱

仙呂宮正曲　江兒水　謾把鞋繩繫、句看看日下春。韻白只是我拋離鄉土、又值暮秋時節、唱白雲舒卷秋光弄。韻黃葉飄蕭涼颼動。韻殘蟬哽咽凄聲送。韻觸處無非悲痛韻合陟岵徒空。韻怕後日牛羊荒壟。韻白那裏顧得許多、且急急趲行前去、唱

仙呂宮正曲　園林好　日沉西江河向東。韻憐母子如何異同。

韻只恨我爲兒無用。韻合何日得見慈容。韻何日得見慈容。疊白聞說此去西天有十萬八千里路、還有許多怪異之事、怎生去得、我也顧不得了。唱

仙呂宮川撥棹 正曲

我若是爲崎嶇惜頂踵。韻有些兒心怕恐。韻怎能彀見如來寶座珠宮。韻見如來寶座珠宮。疊那時節救萱親黃泉路窮。韻合問諸天何路通。韻豈諸天無路通。疊白呀、怎麼這擔兒挑又挑不起、卸又卸不下、走又走不動、住又住不得、唱

又一體　我的一肩怎放鬆。韻　我的一心空復空。韻　感慈悲紫竹林中。韻　感慈悲紫竹林中。疊　指祇園旃檀氣濃。韻合　問諸天何路通。韻　豈諸天無路通。疊　疊塲上設椅作放經擔坐地科白　不免歇息片時再行我羅卜一心念佛一心念母非有兩心可知道我佛原來是母我母本來成佛只爲當初苦勸母親看經念佛戒葷斷酒母親說道若要我戒葷斷酒看經念佛除非要鐵樹開花母親你不聽當時之言致有今日之苦更且聽信金奴攛

哄使母褻瀆神明罪孽愈重我若得到西天叅見活佛上訴哀情定蒙憐憫唱

仙呂宮正曲 五供養

小心卍胸韻 早則生悲讀 淚滴金容韻 親傳金口說句 立地脫牢籠韻白 只是世間如我母者不知多多少少唱 因此上冥司府中韻 案件已堆來充棟韻合 念彼觀音力句 妙圓通韻 也難教地獄一時空韻 作起擔經擔科白 我那母親呵唱

又哭體

啼鵑淚紅韻 叫我娘親讀 叫破喉嚨韻 慈烏能

反哺。句使我愧無窮。韻有孩兒也是空。韻百忙裏向蓮臺奔控。韻合道路凹還凸。句走匆匆。韻作跌科白我羅卜便跌死也不妨。唱只怕經箱畫卷落泥中。韻一

仙呂宮正曲　僥僥令

思親血淚湧。韻見崦嵫落日紅。韻渡水登山精神竦。韻合這十萬里西天在方寸中。韻內作鳴鐘鼓科羅卜白已是黃昏時分前面鐘鼓之聲想有村莊寺廟不免前去投宿便了。唱

慶餘

招提隱隱報昏鐘。韻羨閒僧金經勤諷。韻少不得

暫借蒲團息我躬。韻從下𥪡門下

第十九齣　轡鋃鐺鬼門點解　古風韻

雜扮四皂隸鬼各戴皂隸帽穿箭袖繫皂隸帶持器械雜扮二判官各戴判官帽穿圓領束角帶持筆簿引淨扮闕生戴紮紅紗帽穿蟒束玉帶從右旁門上唱

南呂宮引　生查子　職掌鬼門關。叶　善惡從茲辨。韻　善者得超昇。句　惡者多悲怨。韻　場上設公案桌椅轉場入桌坐科

白　俺乃鬼門關闕主是也、大凡人當命終俱要經由陰

府所以陽間之事俺陰司無不知之這鬼門關雖在陰司乃是昇天入地之關鍵善者到此憑咱驗過我這裏付以符節使他竟登天堂惡者到來驗過惡蹟直打他從鬼門關而進即墮地獄正是善惡到頭終有報只爭來早與來遲今當開關之期手下的關前如有新到陰司的鬼魂可即放他進來

衆應科雜扮金童戴紫金冠穿氅繫絲縧執旛雜扮玉女戴過梁額仙姑巾穿氅繫絲縧執旛引六善人末扮段秀實戴紗帽穿圓領束金

帶小生扮鄭賡夫戴巾穿道袍旦扮陳桂英穿衫淨扮僧明本戴僧帽穿僧衣繫絲縧帶數珠生扮道貞源戴道巾穿水田道袍繫絲縧帶數珠老旦扮尼貞靜戴僧帽穿老旦衣繫絲縧帶數珠從右旁門上分唱

仙呂宮引　番卜算　丹心貫斗杓。句　正氣充天地。韻　踪跡相看雖不同。句全唱　善行曾無異。韻金童玉女作引進門相見科白　善人到、關主作起科白　原來是忠臣孝子節婦並僧道尼師、雖其稱名不同、究其爲善則一、手下的取符節來、一皁隸鬼向下取符節隨上呈閻主科閻主作各付符節科白閻門外有安樂堂列位且請在彼住下、待我申文報知閻君便了、六善人各作接符節科仝白多謝閻主、萬壽花開資地暖、一輪月朗映天清、金童玉女引作出門科從左旁門下雜扮五長解鬼各戴鬼髮額穿蟒箭袖虎皮卒褂繫虎皮裙持器械帶旦扮劉氏魂穿破衫繫腰裙從右旁門上唱

雙調引　玉井蓮　一路受波查。韻又來到鬼門關下。韻作到

科長解都鬼虛白傳報科一皂隸鬼作出門問科長解

都鬼白　劉氏解到了、皂隸鬼作進門科白　禀爺、劉氏到

了、閻主白　帶進來、五長解鬼作帶劉氏魂進門跪科雜

扮解鬼戴鬼髮額穿蟒箭袖虎皮卒褂繫虎皮裙帶雜

扮四殉難陣亡鬼魂各穿戴陣亡切末從右旁門上作

到科解鬼虛白作帶陣亡鬼魂進門跪科隨呈公文科

白　這都是陣亡將士、閻主白　你們都是爲國捐軀、忠義

之士、可敬、鬼卒、好好送他過去、他們雖是死的苦楚、轉

生定有好處、作付公文解鬼作接科陣亡鬼魂各作叩謝科解鬼作帶陣亡鬼魂從左旁門下關主白取劉氏公文來、長解都鬼作呈公文關主看科白好可惡也、還不與我着實的打、皂隸鬼應作打科劉氏魂白犯婦先行善事、後因聽讒言、造下業罪、關主白你聽那一箇讒言快快報來、劉氏魂白爺爺、讒言者非爲害我、不報罷了、關主白你不報、鬼使搜起來、衆皂隸鬼應作搜劉氏魂科關主白快說上來、劉氏魂唱

高大石調正曲　窣地錦襠　自作差池埋怨誰。韻　我今受刑苦難支。叶　因聽劉賈金奴語。叶合　致令今朝受災危。韻

閻主白　鬆了拶、衆皂隸鬼應作鬆拶科　閻主白　快帶金奴劉賈上來、一判官作查簿科白　金奴還在灰河那邊鐵柱上鎖着劉賈還在陽間、閻主白　這樣惡犯豈容落後　吽聽事差鬼、一皂隸鬼向下唤差鬼科雜扮差鬼戴犄角鬼髮穿鬼衣繫虎皮裙從右旁門上作相見科閻主白　速拿劉賈到來不得有違、差鬼作出門科從左旁門下

雜扮解鬼戴鬼髮額穿蟒箭袖虎皮卒褂繫虎皮裙帶

雜扮四從賊陣亡鬼魂各穿戴陣亡切末從右旁門上

作到科解鬼虛白作帶陣亡鬼魂進門跪科隨呈公文

科白這都是陣亡將卒、關主白原來都是降李希烈朱

泚造反的、作付公文科白快快打下地獄去、皂隸鬼應

作打科解鬼作接公文科帶陣亡鬼魂從左旁門下劉

氏魂白怎麽陰司裏也是不公道的、一樣陣亡的兩樣

待法、那頭一起想是使用幾箇錢了、關主白你這惡婦

那裏知道那頭一起、都是爲國戰死的忠義之人、當得超生、這一起、都是從逆的、雖然被殺了、陰司裏還有他的罪、劉氏魂白原來是這等、鬬主白將劉氏帶下去、等劉賈到來、一同審問、長解都鬼應科隨帶劉氏魂作出門坐地科差鬼帶副扮劉賈魂戴巾搭魂帕穿道袍從右旁門上劉賈魂白我問你、你是什麽人、敢把劉大爺這般凌辱、差鬼白我是差鬼、拿你這犯鬼、劉賈魂白我方纔店裏喫酒、犯什麽事來、差鬼白鬼門鬬鬬主、因你讒言相勸劉氏開葷、差我把你速速拿來、闞主立等、要勘問你、劉賈魂白 依你說來我死了、差鬼白 這是你的魂、你的肉身還在酒店裏、劉賈魂虛白作哭科劉氏魂作見劉賈魂哭科劉賈魂白 姐姐、你原來在此、唱

仙呂宮正曲 風入松 可憐骨肉兩摧殘。韻 止不住珠淚潸潸。韻想當初作事多無憚。韻 到如今悔之已晚。韻 劉氏魂白 我好苦、劉賈魂白 不要埋怨我了、劉氏魂唱合 須知是手足情從來無間。韻 忍將爾苦相攀。韻 長解都鬼白

休得多言快快進去、各作帶進門跪科閻主白　一名惡犯劉賈、劉賈魂應科閻主白　着實打、皂隸鬼應作打科差鬼仍從右旁門下閻主白　你這惡犯、唱

又一體

你兩人罪惡重如山。韻　怎逃得果報循環。韻在陽間敢把神明嫚。韻　今合受陰司磨難。韻劉氏魂劉賈魂白　鬼犯自知有罪、乞開天赦、閻主唱合　恁所犯斷無可挽。韻白　原差都鬼、唱　快驅入鬼門關。韻五長解鬼應科劉賈魂唱

又一體　聞言心膽盡皆寒。韻悔當初作惡行奸。韻是咱把神佛輕譏訕。韻誘他行無端。將法犯。韻合自甘當畫招成案。韻與姐氏實無干。韻劉氏魂白兄弟、唱同胞豈作等閒看。韻弟受苦姐意何安。韻開葷違誓將佛仙訕。韻造下了惡端無限。韻合自甘當畫招成案。韻與吾弟實無干。韻關主白看你兩人頗知友睦比那不念手足之情者、却不相同、忽然感動我心、待我細看公文、若是可以寬得減你幾樁罪過。作看公文科

白　你兩箇的罪名土地記載、竈君申詳、玉皇降旨誰敢
有違、劉氏魂劉賈魂白　望爺爺赦罪、關主唱
慶餘　試將文卷從頭看。韻　欲赦之時難又難。韻白　我在
此惟遵功令、都鬼、將劉氏帶去、關關受罪、長解都鬼應
科關主白　喚解鬼來、一皂隷鬼向下喚解鬼科雜扮解
鬼戴鬼髮額穿蟒箭袖虎皮卒褂繫虎皮裙從右旁門
上關主白　將劉賈帶往前途受罪、解鬼應科關主各付
公文科唱　可知那地獄重重這纔是第一關。韻衆鬼判

引關主仍仝從右旁門下五長解鬼帶劉氏魂解鬼帶

劉賈魂仝從左旁門下

第二十齣　明指引頗語說因　東鍾韻

雜扮金童戴紫金冠穿氅繫絲縧執旛雜扮玉女戴過梁額仙姑巾穿氅繫絲縧執旛引六善人末扮段秀實戴紗帽穿圓領束金帶小生扮鄭賡夫戴巾穿道袍旦扮陳桂英穿彩淨扮僧明本戴僧帽穿僧衣繫絲縧帶數珠生扮道貞源戴道巾穿水田道袍繫絲縧帶數珠老旦扮尼貞靜戴僧帽穿老旦衣繫絲縧帶數珠雜扮

四殉難陣亡鬼魂各穿戴陣亡切末仝從右旁門上金
童玉女白
慈悲勝念千聲佛、作惡空燒萬炷香、雜扮五長解鬼各
戴鬼髮額穿蟒箭袖虎皮卒褂繫虎皮裙持器械帶旦
扮劉氏魂穿破衫繫腰裙雜扮解鬼戴鬼髮額穿蟒箭
袖虎皮卒褂繫虎皮裙帶副扮劉賈魂戴巾穿道袍雜
扮二解鬼各戴鬼髮額穿蟒箭袖虎皮卒褂繫虎皮裙
帶雜扮四從賊陣亡鬼魂各穿戴陣亡切末仝從右旁

門上長解都鬼白 作善者降之以祥、作惡者降之以殃、
請問金童玉女帶的是何人、金童玉女白 此輩是陽間
行善的人、奉閻主之命、着我們將幢旛寶蓋護送他上
天堂去、長解都鬼白 原來如此、此輩是陽間作惡之人、
奉閻主之命、敎我們速速催他到黑陰司去、外末扮二
顛和尚各戴頭陀髮穿補衲衣繫絲縧持木魚從兩塲
門分上白 列位且慢、那金童玉女領的、且不要上天堂、
衆差鬼帶的、且不要入地府、衆各分立科 二顛和尚白

江間波浪兼天湧正是魚龍混雜時列位我顛和尚說幾句瘋話兒你們聽者

普勸歌

顛和尚來到黑陰司顛一會耍一遭勸世人休把我顛和尚笑我顛則顛心裏倒有些知道顛則顛意中倒有些分曉我顛起來把那密密匝匝的鐵圍金鎖一時掣斷我顛起來使他波波查查的披毛戴角盡得逍遙我笑世人忒煞的顛倒在生時不修行不學好見修行的搖着唇兒將他笑見學好的鼓着舌兒把他嘲盡着力量逞着他機巧且圖箇

今日管甚麼明朝待掙得家緣兒富了田園兒多了黃金兒堆着紅粧兒摟着貪心起時賽過了石季倫還要害心起時便遇着孔夫子不饒有一日好時光過了無常兒到了精神兒顛倒容顏兒枯槁那判官爺睜圓兩眼瞧那大王爺咬定牙關惱假饒你行虧了不愛你文章好假饒是犯正條不怕你官品高他們實丕丕不看你村和俏鐵錚錚不要你錢和鈔沒面皮不管你王侯與臣僚刀山兒綳弔鐵圈兒箍腦肉烊烊鍋兒裏煎血

淋淋日兒裏搗又沒箇人兒替着又沒箇所在去訴告顛和尚這些時看了呵呵笑誰教你在生時不修行處世時不學好只可惜陰府的已洞然陽世的還迷倒這話兒死了的在這壁廂點點頭未死的還在那邊哈哈笑方纔吃了孟婆湯不覺上了迷魂套顛和尚費盡老婆禪用盡了苦口藥勸世人撒手回頭早仍從兩場門分下衆白這顛和尚雖然是些顛話兒却有些道理劉氏魂白不知這二僧是那裏來的長解都鬼白這是勸

善太師座下的僧人奉勸善太師之命在此說法與鬼魂聽的、劉氏魂白 請問勸善太師姓名、長解都鬼白 他姓名叫傅相也是王舍城人氏、劉氏魂白 這分明是我丈夫了都長可容我見他一見、長解都鬼白 你是箇落地獄的鬼犯那裏有見勸善太師的分快些走、雜扮四儀從各戴馬夫巾穿蟒箭袖卒褂執旗雜扮四將吏各戴卒盔穿蟒箭袖排穗執儀仗雜扮中軍戴中軍帽穿中軍鎧捧令旗雜扮司吏戴書吏帽穿圓領繫鑾帶捧

印盒雜扮金童戴紫金冠穿氅繫縧縧執旛雜扮玉女
戴過梁額仙姑巾穿氅繫縧縧執旛引外扮顏杲卿戴
紗帽穿圓領束金帶從右旁門上衆仝唱

中呂宮正曲　舞霓裳　已看雲臺畫形容。韻　畫形容。格　又得虛
皇賞貞忠。韻　賞貞忠。格　人倫自古君臣重。韻　脫皮囊萬
載淸風。韻　拜仙官神天貴寵。韻合　旌幢導。句　問人間　蝸
角蠅頭又何用。韻仝從左旁門下衆白　剛纔過去這位
尊官是什麼人　長解都兒白　這是常山太守顏杲卿罵

賊身亡、玉帝封爲敢司連苑宮大將、今日走馬上任去
也、一殉難將士魂白 我認得顏老爺、我跟他去罷、金童
玉女白 你且到了天堂、奏明天帝去也使得、一從賊將
卒魂白 我也認得、放我跟去罷、一解鬼虛白衆全從左
旁門下

第二十一齣　陰司索債急投詞　魚模韻

外扮仰獻戴氊帽穿道袍從上場門上唱

中呂宮正曲　駐雲飛

良善天扶。韻　天理昭昭豈是誣。韻　那守分的神應護。韻　那安命的天應助。韻　嗏。格　只恨惡狂徒。韻　機心太毒。韻　利盡錙銖。讀　豈知道一死難迴顧。韻合　空做了壟斷當年的賤丈夫。韻　白　人惡人怕天不怕人善人欺天不欺小老兒姓仰名獻只因惡棍劉賈爲人

不端騙害多人尅泉成家天理昭彰已遭天火他還不
回心還要騙人向年騙我酒銀十兩屢討不還反遭淩
辱他今日在對門酒店喫酒忽然昏死不回他死應該
只是又連累了開酒店的了臨死還要害人我如今氣
他不過生前算討他不來聞得人死都往城隍廟裏去
掛號我今忙寫了一紙陰狀拿了他的欠賬竟到城隍
廟焚化以作來生之債正是生前無可奈死後告陰司
從下場門下

勸善金科　第七本卷下

第二十二齣　惡孽纏身催對簿　庚青韻

雜扮五長解鬼各戴鬼髮額穿蟒箭袖虎皮卒褂繫虎皮裙持器械帶旦扮劉氏魂穿破衫繫腰裙雜扮解鬼戴鬼髮額穿蟒箭袖虎皮卒褂繫虎皮裙帶副扮劉賈魂戴巾穿道袍繫腰裙仝從右旁門上劉賈魂唱

仙呂宮正曲　解三醒　恨當初不信神明。韻　勸姐姐開葷殺生。韻叶　齋房燒死僧人命。韻　却無故的害生靈。韻　劉氏魂

唱今日裏　千辛萬苦遭磨折。句　六問三推受極刑。韻合同悲哽。韻　怕只怕鬼門關進。讀　苦楚伶仃。韻　雜扮差鬼戴犄角鬼髮穿鬼衣繫虎皮裙持信牌從右旁門上白

生前欺騙他人物、死後陰司也要還、只因劉賈生前欺騙了許多人、那些人竟寫陰狀告在城隍殿下、城隍老爺差我拿他回去對理、前面什麼鬼犯、衆長解鬼白　劉氏劉賈、尊差何來、差鬼白　我乃王舍城城隍老爺差來的、有信牌在此、速追劉賈回去對理、解鬼白　劉賈你那

本縣城隍有信牌追拿你回去你自去看來、劉賈魂作看科白　王舍城城隍信牌爲欺騙事照得惡犯劉賈生前誆騙多人現有陰狀告在臺下今當星夜追回對理聽審毋違火速火速、公差我問你我這回去我還活得成麽、差鬼白　那裏容你活對了口詞還要來此受罪、劉賈魂白　我既死了那裏還有回去之理、劉氏魂白　兄弟使不得你若不去又來連累我、劉賈魂作哭科唱

仙呂宮引鷓鴣天　纔得相逢一路行。韻而今又復去難停。韻

你此去　百般苦楚難承受。句劉氏魂唱你此去　萬種淒凉怎慣經。韻劉賈魂仝唱腸寸斷。讀淚雙零。韻臨岐執手各吞聲。韻人間只說生離苦。句那識黃泉死別情。韻

五長解鬼帶劉氏魂遶場從左旁門下解鬼差鬼帶劉賈魂遶場從右旁門下

第二十三齣　消火焰地近清涼　古風韻

場上設火焰山雜扮護山十二小妖各戴鬼髮穿蟒箭袖卒褂執旗從兩場門分上合舞畢仝白

修煉工夫千萬逑、不成正果卽成魔、本來面目人知否、大半山魈木客多、我等乃火焰山鐵扇公主座下護山小妖便是、俺公主得道何止千年、學法不下萬種、別的且不說他、有煉成一柄芭蕉扇、乃係至寶、這裏左近有座火焰山寸草不生五穀不長土人們每逢耕種之時必須求俺公主用扇向那火焰山一搧纔得焰滅烟消樹藝五穀待到收成之後依然火焰滔天那火焰山呵

唱

南呂宮正曲 貨郎兒

又不是補天的煉餘巨石。韻 鏖兵的燒成赤壁。韻 說着時驚魂蕩魄。句 燎着的焦頭爛額。叶合 苦爛額。叶 苦爛額。疊 爛額的。讀 只求 山頭焰息。韻 要焰息。韻 要焰息。疊 則除是。讀 公主 大施威力。韻 雜扮四小

妖各戴鬼髮穿蟒箭袖卒褂雜扮四魔女各帶魔女髮穿宮衣持芭蕉扇寶劍引旦扮鐵扇公主戴盔穿蟒束玉帶從塲上山洞門上白

地居形勢險盤踞翠雲彎好憑蕉扇力能搧火熖山

中塲設椅轉塲坐科白

俺乃魔天嶺翠雲洞鐵扇公主是也向蒙觀音菩薩法旨所爲傳羅卜因救母難要往西天見佛路過火熖山此乃天造地設以限仙凡大凡常人爲火熖所焚不能前往奉菩薩之命着我將芭蕉扇搧滅野火保護他過却此山

使他好往西天見佛、成就他一段孝心、小妖過來、四小妖應科　鐵扇公主白　爾等可將此扇前去、等待傅羅卜到來、變作行路土人、在山口等候、待他危急之際、作速救護、卽便搧滅邪火、馱負他好好過取火燄山去、不得有違、四小妖應科　鐵扇公主起隨撤椅科白　從空伸出拿雲手、提起天羅地網人、四魔女引鐵扇公主仍從山洞門下　衆小妖從兩場門分下　生扮羅卜戴巾穿道袍繫鑾帶帶數珠擔經擔從上場門上唱

商調十二紅 山坡羊首至四

集曲

影孤單讀自奔馳途道。韻念萱親讀愁縈懷抱。韻渡關河讀萬水千山。句知何日讀得盼靈山到。韻

白 我羅卜自離家鄉已經半載有餘且喜步履強健途次平安自從別了王舍城渡海西行而來過了河灣由東西兩敖至西洋國越哈蜜城出烏斯藏奔走數千餘里一路問來說我今過了迦毘羅進了舍衞國前面便是火焰山了且住只是人人盡道此山火焰騰空炎威巨烈行人到彼決然難過又說這山其潤無

許其長有數里之遥前後共有三重又無別路可避聞說那第三重山高陡峻烈焰燒空行人總難過去皇天我羅卜若過不得此山怎生得到西天救取我娘親之難且自趲行前去再作道理唱五更轉六至末穩着擔兒挑韻步履堅句登山坳韻這幽墟僻地人蹤杳韻見一派慘淡迷離讀凄風悲弔韻山上作出火科衆小妖從兩場門上遶場科場上復設小山衆小妖上山分立科羅卜作望科白你看前面烟霧迷漫直衝霄漢想必就是

火焰山了、唱園林好首至二　好一似散霞光輝騰九霄。韻逞炎威迷漫遍郊。韻山上作出火科羅卜白你看千層赤霧百丈蒸雲、烈焰騰空、火光繚繞、影層層霧擁霞明、團皎皎熒光耀日、好怕人也、唱江兒水六至末　看冉冉烟雲冲耀。韻映日輝明。句這野火炎蒸轟燎。韻白火光之下、果然有一條路徑在此、看崚崚嶒嶒、皆是亂石攢堆、高高下下、無非山巖窄路、好難行走也、唱玉嬌枝首至四　崎嶇險道。韻勢嶙峋欹斜徑凹。韻看火光漸逼將人燎。韻閃得人恍惚魂飄。韻白且住、我若不過此山、怎能得到西天、既到此間、也沒甚法兒、只得竟走便了、山上作出火科羅卜作掙挫行科唱五供養五至末我撐持前蹈。韻勉步疾行怎顧薰燒。韻這形骸捹火葬。句一任額爛并頭焦。韻想我殘軀不保。韻至此地死生難料。韻作走過小山衆小妖遶場隨撤小山科衆小妖從兩場門分下羅卜白好了、竟被我掙過這一小坡來、多應是神天護佑也、雖是火氣逼人、竟被我勉强撐持過來了、山上作出火科

羅小作驚望科白　你看這前面的火光比先越大想就
是第二重山了不知還有多少路作速趲行前去　唱
迢遙讀　前途路渺韻　拚竭歷穿山越嶠韻　見層
巒陡峻讀　凌空勢倍高韻　五供養七至末　又見炎威暴韻　熖
衝霄韻　看　火光轟烈遍山腰韻　白　你看第二重山火光
比先越大一望無際怎生過去若上此山行走被火燒
身也是箇死倘被烟燻暈倒滾下山去也是箇死就觸
在那高岡峭壁山巖石上也是箇死　唱　鮑老催首至六　我拚

將命拋。韻 願甘性命等鴻毛。韻 似燈蛾赴焰遭危暴。韻

白 我若是貪生怕死出門到此也是徒然了。唱 我心如攪。韻 痛慈親。句 寃業遭。韻 桃紅菊 三至四 受酆都苦楚煎熬。韻 受酆都苦楚煎熬。疊 川撥棹 二至六 救拔重泉終天怨消。韻

白 我為救母西行正所謂赴湯蹈火也說不得了不免把身上衣服找扎起來挺身竟走便了。唱 將母儀經卷拴牢。韻 將母儀經卷拴牢。疊

白 皇天保佑我羅卜得過此山早見佛天之面好得救我親娘。唱 望慈悲垂恩

濟超。韻山上作大出火科羅卜作掙挫行科唱 看轟燃

撲人燎。韻 猛烈近身燒。韻 我 怎惜殘軀形枯

槁。韻合數定 火葬身危沒處逃。韻作上山復跌下科雜

扮四小妖所變四農人各戴氊帽穿窄袖道袍持芭蕉

扇全從下塲門上白 夥計、那漢子被野火燒倒、跌下山

來了、我和你快些上前去救他、那漢子、這火焰山烟雲

密佈、烈焰騰空、乃人跡罕到之所、你緣何獨行到此、羅

卜白 衆位大哥、我要往西天見佛、救取母難、所以要過

此山（四農人白）虧你怎生過了那第一重小山但這第二重大山火光烈焰山高陡峻怎生過去（羅卜白）列位我若不過此山怎至西天見佛我那娘親就不能彀搭救了（四農人白）夥計原來他是箇孝子孝子是難得的幸喜今日有緣遇着我們何不做箇好事保護他過山去便了有理將這扇兒搧着野火把他駝負過山便了（羅卜白）列位這扇兒怎搧得滅野火（四農人白）漢子你可放心待我們駝負你過火焰山去自有分曉（羅卜虛

白謝科山上作出火科四農人作以扇搧火代羅卜揩
經擔隨負羅卜作過山科全唱

慶餘

仗此靈通蕉扇驅前導韻搧將火滅與烟消韻保
護你穩過山巖共勤劬不憚勞韻四農人全從下場門
下十二小妖從兩場門分上立科鐵扇公主從天井乘
雲兜下科白傅羅卜、我乃鐵扇公主是也、奉觀音菩薩
之命、着我保護你過火焰山、從此煩惱火消、清涼地近、
你可虔心前往謁佛救母便了、仍從天井乘雲兜上羅

卜白我且叩謝菩薩、作叩謝科唱

南呂宮引　哭相思　驅馳火熖離災危。韻深感佛天惠澤垂。韻從敎指日叅蓮座。句得遂陰曹救母回。韻從下場門下

十二小妖遶場亦從下場門下

第二十四齣　結香雲峯開菡萏　江陽韻

淨扮威伏使者戴判官帽軟紮扮執旗從酆都門上白紅旗閃閃手中挪袍笏階前拜舞多何日能如菩薩願謾勞趨走十閻羅吾乃威伏使者是也今當地藏菩薩得道之日各殿閻君例應叅拜命我傳齊各處判官隨往菩薩座前奉命之下隨即往各處傳諭且喜今早各處判官俱已齊集我這公務已完不免回府去者　仍從

酆都門下雜扮四十判官各戴判官帽穿判官衣執笏從兩場門分上跳舞畢各分侍科雜扮十閻君各戴冕旒穿蟒襲鼈束玉帶仝從上場門上唱

雙角隻曲 雙令江兒水

乾坤摩盪。韻 一自那乾坤摩盪。疊 那其間無漏網。韻 縱英雄到此。句 沒箇商量。韻 甕兒中誰叫響。韻

分白 凛冽陰曹法度慈悲佛氏因緣人間白黑業紛然果報明明顯現我等乃十殿閻君是也今乃地藏教主得道之辰衆判官爾等同往九華山叩賀者 衆

判官應科向下取青瓶隨上衆遶塲科仝唱　何事遠趨蹌○韻　虔心謹肅將○韻　鐵面閻王○韻　金面空王○韻　却原來一條心休道兩○韻　旃檀妙香○韻　飄不盡旃檀妙香○疊　金山圍障○韻　早已近金山圍障○疊　好一座　九蓮華古道塲○韻作到科衆閻君白　你聽法音嘹喨、教主陞座也、雜扮八侍者各戴毘盧帽穿僧衣披袈裟雜扮十八羅漢各戴套頭穿僧衣披袈裟雜扮大變長者戴毘盧帽穿僧衣披袈裟雜扮道明和尚戴頭陀髮紮金箍穿僧衣披

袈裟引生扮地藏菩薩戴地藏髮穿蟒披袈裟帶數珠持拂塵從上場門上唱

中呂調合曲

北粉蝶兒

没底慈航韻誰駕着没底慈航疊大都來皆成幻想韻恁可也苦辣親嘗韻似趁燈蛾句棲幙燕句一般兒可闘些痛癢韻只看俺結願深長韻有卓不住的凌空錫杖韻內奏樂塲上設金蓮寶座轉塲陞座衆弟子各分侍科衆閻君白吾等恭逢教主得道之日特來慶賀地藏菩薩白有勞列位降臨衆閻君白

吾等就此叩拜、地藏菩薩白生受無量、衆閻君作叅拜

科唱

中呂宮合曲 南好事近 謹肅仰慈光。韻拜蓮臺五體投將。韻

金容寶相。韻莊嚴微妙慈祥。韻衆判官作叅拜科唱吹

螺擂鼓。句法筵前、讀梵唄聲嘹喨。韻合不禁的遽爾心

空。句果好是悠然神往。韻地藏菩薩白列位閻君乃陰

曹執法正神、分辨善惡、無縱無枉、位所當居、吾乃幽冥

教主、不能度盡衆生、虛居其位、衆閻君白教主慈悲六

道振拔三塗悲含同體之心慈起無緣之化吾等恐違尊旨不勝惶悚

地藏菩薩白　有因有果自作的他還自受與列位何干但是列位雖然執法方便亦隨處可行

衆閻君白　今日菩薩得道之辰吾等當令衆判官迓以洪福呈祥法座

地藏菩薩白　生受諸位閻君

衆閻君白　不敢衆判官就此迓福呈祥

衆判官應科場上左右側設平臺虎皮椅衆閻君各陞座衆判官合舞科仝唱

中呂調合曲　北石榴花　俺把這迓來的萬福敬呈將韻共向

那蓮座獻嘉祥。韻只看這騰空瑞彩讀映天光。韻似搖曳旛幢。韻看飛舞鸞凰。韻早則是色輝煌。韻早則是色輝煌。疊更兼那一派的仙音亮。韻布滿了法界三千讀應無盡藏。韻做一箇好莊嚴。句做一箇好莊嚴。疊供養着慈悲相。韻果然是人天歡喜好壇場。韻場上設青瓶

天井內作下紅蝠科衆判官合舞科仝唱

中呂宮合曲　南好事近

高翥。句低集散輝光。韻似雲中朱鳥迴翔。韻周天大地。句普現作佳徵色相。韻比三祝華封。

句看雙棲讀雙止在青瓶上韻地藏菩薩白妙嗄你看映碧霄而煽影彌顯羣飛與紅旭以爭光還同一色衆閻君白睹茲萬福之駢臻知是千祥之雲集果然好歡喜道場也衆全唱合陳九疇箕子休論句便一品天官寧讓韻內奏樂場上設萬福架衆判官各設青瓶科地藏菩薩白你看萬福來同千祥雲集實乃佳祥聖瑞也衆全唱

中呂調　合曲　北鬬鵪鶉　喜身登寶地珠宮句喜身登寶地珠

宮疊看慶溢人間天上韻把菩提善果同修句把菩提
善果同修疊將圓覺良因細講韻地藏菩薩白今日多
承遠來不勝欣幸敝山備有甘露請列位閻君少敘衆
閻君白多謝菩薩內奏樂地藏菩薩下座科衆仝唱聽
罷了世外無生清話長韻喜心地得清涼韻又何嘗沾
惹塵緣句又何嘗沾惹塵緣疊自不曾牽纏世網韻
驅除煩惱消塵障韻這慈悲惟有大醫王韻惟願
取六道千靈共同登濟渡航韻衆擁護地藏菩薩仝從

下場門下

人間天上

第一齣 扶佛法巨靈奉勅 江陽韻

雜扮十六巨靈神各戴紥巾額紥靠持斧仝從昇天門上跳舞畢各分立科雜扮八神將各戴卒盔穿門神鎧執旗引末扮木吒戴頭陀髮軟紥扮持鏈小生扮哪吒戴線髮軟紥扮持鎗從昇天門上唱

仙呂調套曲 點絳唇

護衛天閶。韻巡遊塵壤。韻神通廣。韻怪伏魔降。韻看威猛有誰能攩。韻分白 七星劍掣靖妖氛。

玉簡曾題百戰勳。雲際旌旄紛擁處。應知天上有將軍。

我乃木吒是也。我乃哪吒是也。名揚帝闕。勇冠天神。向八極逍遙。駕風雲而上下。為萬方顯應。鞭雷電以奔趨。靈感昭昭。威嚴赫赫。今早父王朝叅上帝去了。此時將次回宮。須索在此伺候者。雜扮八神將各戴卒盔穿門神鎧持鎗引淨扮托塔天王戴天王盔紮靠紮令旗襲蟒束玉帶托塔從昇天門上唱

仙呂調套曲 混江龍 恰纔向九重天上。韻喜緋衣沾惹御爐

香。韻見了些朝玉座　衆星環拱。句見了些拜金堦　萬聖趨蹌。韻影曈曈　化日一輪昭帝鑒。句光燦燦　祥雲五色麗天章。韻看取那　九閶詄蕩虎豹閒。句排列着　萬神擁護淸霄朗。韻幸瞻仰　天顏有喜。句好頌禱　聖壽無疆。韻塲上設平臺虎皮椅轉塲陛座科衆神將各分侍科木吒哪吒作叅見科白　父王在上。兒等叅見。托塔天王白　起過兩旁。部署鈎陳宿衞兵。入間天上顯威名。而今不用匡扶力。宇宙由來成肅淸。吾神托塔天王李靖是也爲天闕而蕩魔作佛門之護法巡遍十方世界清飈高引靈旗行周四大部洲紫電輕扶神駕凡聖共欽威力天人咸仰英風適纔謁帝靈霄奉有勅旨今有傅羅卜爲因救母遠向西天拜求我佛一路上多有猛虎縱橫邪魔侵犯必得默爲護佑始保無虞木吒哪吒汝二人謹遵勅旨分任而去務須力爲救護勿致傷犯木吒哪吒應科托塔天王白巨靈神聽吾吩咐爾等可於沿途險阻之處顯以神威得成平坦使孝子穩步前進衆巨

靈神應科托塔天王白　爾等且聽我道來、唱

仙呂調　油葫蘆
套曲　都只爲孝念虔誠格上蒼。韻鑒昭昭曾不爽。韻可知那天心眷顧甚周詳。韻早一封玉勅丹霄降。韻差排着金闕諸神將。韻要使他免禍殃。韻須得恁除魔障。韻白　爾等即當遵勅而行、衆應科托塔天王下座科衆全唱　默佑着逍遥徑把西方上。韻好向那蓮座拜空王。韻衆神將引托塔天王從下場門下木吒哪吒白　諸神將、就此隨我等前去、到得塵寰、那時再分雲路、

衆應遶場科全唱

仙呂調套曲　寄生草　旗幟隨風颺。韻刀鎗燦雪光。韻駕電車飛過了千峰嶂。韻趲神兵幾隊隊從天降。韻遍寰區盡識得神威壯。韻那妖魔聞處膽應寒。句精靈遇着魂皆喪。韻衆擁護木吒哪吒全從下場門下

勸善金科第八本卷上

第二齣　顯神通猛獸潛踪　蕭豪韻

生扮羅卜戴巾穿道袍繫鑾帶帶數珠擔經擔從上場門上唱

南呂宮正曲　梁州序　林巒深杳韻人踪絶少韻其如前路迢遥韻獨行踽踽句惟聞虎嘯狼嗥韻只爲思親夢繞韻求佛心誠句怎顧得崎嶇道韻白我傳羅卜爲因求佛救母擔經出了家門山中無歲月客路度春秋正不知

過了幾年了來到此間天色已晚山空路仄樹密草深絕無樵牧往來但有虎狠出沒好生悽楚人也唱你看暮雲橫野樹讀鎖山凹韻教我不辨羊腸歎寂寥韻合何處去句問漁樵韻從下場門下雜扮十六巨靈神各戴紥巾額紥靠持斧引末扮木吒戴頭陀髮軟紥扮持鏟從上場門上白感格神明一念通直須子孝與臣忠能教九折爲平坦何慮身遭危難中我木吒奉父王之命只爲傳羅卜救母心虔遠向西天求佛一路上恐有

危難命我暗中保護今彼行至荒山天色已晚難免虎狼驚擾我當化作獵戶前去救他便了從空伸出拿雲手救取艱心行孝人全從下場門下羅卜從上場門上

唱

雙調集曲 孝南兒 孝順歌首至合

空山靜句 野徑遙韻 行行暗將珠淚拋韻 看敗葉任風飄韻 好比我身潦倒韻 內作虎嘯科 羅卜唱 聽山君怒號韻 唬得我膽顫心驚讀 這死生難料韻 白 我死不足惜只是老母靈魂何人濟度內復

作虎嘯科羅卜唱鎖南枝　四至五　看他漸出深林。句舞爪施威暴。韻雜扮虎穿虎切末從下場門上羅卜作驚避科

唱江兒水　六至末　何惜微軀充飽。韻白只是我身當重任、娘唱合這罔極深恩。句不能彀今生圖報。韻作跌倒科末扮木吒化身戴鷹翎帽穿箭袖持棍從上場門上作赶虎從下場門下木吒化身白漢子、那猛虎已去、你快些起來趲行罷、唱

又一體

你看斜陽外。句宿店遥。韻急須努力休憚勞。韻

羅卜作起科唱 我 魂逐晚風飄。韻 身向泥塗倒。韻白 大
哥、唱 險將命拋。韻白 恩人請上、受我一拜、唱多蒙 救我
殘生、讀 此恩難報。韻木吒化身唱偶因 打獵而歸。句 天
遣來相保。韻羅卜唱 幸遇恩人剛到。韻合 若少遷延。句
已是委身荒草。韻白 請問恩人、高姓大名。木吒化身白
我是無名氏、羅卜白 那有沒名之理、木吒化身白 你看
那邊虎又來了、羅卜虛白科木吒化身白 將軍不下馬、
各自奔前程、仍從上場門下羅卜白 恩人請轉、你看他

竟自去了、且住、方纔恩人說宿店尚遙、這等日暮山深我驚魂未定、如何行走得上、你看前面隱隱有箇人家、不免趲行幾步、前去相投便了、作擔經擔科白 但得一椽聊托足、便能五夜得安身、塲上設桌上供古佛羅卜作到科白 原來是所茅菴、待我進去、作進門將經擔設桌上科白 你看殿宇傾頹、古佛一座、絕無香火、又沒僧道、好荒涼也、我且將佛經母像供在此處、到後邊趺坐一宵、以待天明趲行便了、唱

南呂宮引 哭相思

古屋荒凉覆草茅。韻 陰風入戶冷蕭蕭。韻

此時此景眞凄絕。句 欲夢慈幃訴寂寥。韻 從下場門下

第三齣 談經佛鳥悟因緣 蕭豪韻

副扮蟬蟟精穿戴蟬蟟精切末從天井跳下丑扮蚯蚓精穿戴蚯蚓精切末淨扮蟯螂精穿戴蟯螂精切末外扮烏龜精穿戴烏龜精切末各從地井內跳上分白

奮臂誇雄力、飲泉號潔淸、居高聲自遠、浮洛舊傳名、自家蟯螂精是也、自家蚯蚓精是也、自家蟬蟟精是也、自家烏龜精是也、蟯螂精白 今晚山空夜靜、我們難得相逢大家清談一回有何不可、蟬蟟精白　你這箇推糞團的臭物講甚麼清談、蟯螂精白　足下差矣五祖師有云香從臭裏出甜向苦中求南華老仙又云神奇化爲臭腐臭腐化爲神奇你那裏曉得、蚯蚓精白　魚相忘於江湖人相忘於道術想是你這糞蛆與糞混化相忘了若是不忘一刻也難過、蟬蟟精白　你也不要說嘴想你終日躲在黃泉之下虧你怎生過了日子、蚯蚓精白　我餓食槁壤渴飲黃泉何等受用你雖清高餓得剛剛一片瘦殼、這箇我也不羡慕你、烏龜精白 蟬蟟精想你夏生秋死、却也不怨你的命短麽、蟬蟟精白 俗諺云、千年朱頂鶴、萬載緑毛龜、老翁、你今日在此賣弄壽長、我且問你、你既活千年萬載、怎麽不成仙作佛、去只作箇老烏龜、烏龜精作怒科白 這短命畜生、好無禮、天井內作下頻伽鳥科白 列位不要如此、四精作驚看科天井內白 聽我頻伽鳥道來、列位不必閙爭、你們各有因果、你們不知我却知道、蜣螂愛在糞泥之中、是穢業因緣、蚯蚓愛在黃泉之下是淨業因緣蟬蟟壽短是天業因緣烏龜壽長是壽業因緣可知壽夭淨穢皆不離異類種種因果毫髮不差也四精白多承佛鳥分剖因果分明承教我們也借問一聲足下既以深明佛理如何却也不離禽類頻伽鳥白皆因阿彌陀佛欲令法旨宣流變化所作也大開方便語信受當如是頻伽鳥仍從天井上四精白南無阿彌陀佛原來是佛鳥度化衆生鬪叙半時我們各便罷各從地井下生扮羅卜戴巾穿道袍繫

纔帶帶數珠從上場門上白深山夜靜、我在後面趺坐

驀然間有衆怪聚談、後來有一鳥、云是頻伽、所說因果

竟與佛經無異、那物類尚見佛性、何況人乎、天色已明

不免趲路則箇、作擔經擔出門科唱

商調正曲 琥珀猫兒墜 荒山古道。韻 深夜出羣妖。韻 切切淒

淒語寂寥。韻 鬼燐寒火照林梢。韻合 通宵。韻 曠野無眠

讀 坐落星杓。韻

慶餘 我 艱辛救母奔途道。韻 立要 解釋冤愆宜及早。韻

須信道靈山路不遙。韻從下場門下

第四齣　截路妖魔現本相

蕭豪韻

雜扮三窟兎精兩頭蛇精三眼猫精四眼狗精各戴髮髻額穿蟒箭袖軟鞊扮持器械仝從上場門上分白

吾乃三窟兎精是也吾乃兩頭蛇精是也吾乃三眼猫精是也吾乃四眼狗精是也兎精白我等慣在西天路上逍遥自在散誕遊行近日聞得有箇傅羅卜他爲因救母要往西天見佛打從此路經過我們何不把他搶

奪到來吸他精血却不是好、蛇精白　他是箇修行人只怕我們近他不得、猫精白　我們專要尋那學道的、蛇精白　那傳羅卜根深蒂實體態堅固若是有西天護法神將保護他起來我們那裏去躲、狗精白　他們在西天自有正經事那裏肯來尋我、兎精白　我們大家作用起來

全從下場門下生扮羅卜戴巾穿道袍繫鑾帶帶數珠揝經揝從上場門上唱

越調正曲　水底魚兒　山徑蕭條。韻　林間楓葉飄。韻　孤身無伴。

句合　信步過山坳。韻　信步過山坳。疊　四精仝從上塲門上作負羅卜搶經擔科仝從下塲門下雜扮八神將各戴紮巾額紮靠持鎗引小生扮哪吒戴線髮軟紮扮持鎗從上塲門上衆仝唱

又一體

劍氣衝霄。韻　雲旗掣電搖。韻　降魔袪祟。句合　項刻勦羣妖。韻　項刻勦羣妖。疊　哪吒白　俺乃哪吒是也奉玉帝之命因傳羅卜往西天求佛救母中途被妖所攝特命吾神前來救護衆神將可大展雄威快與俺追來

者、四神將應科從兩場門分下隨追四精從兩場門分上各戰科哪吒作接戰四精科哪吒忽從上場門隱下雜扮哪吒化身穿戴四頭八臂切末持杵隨上四精作畏伏科哪吒化身隨追四精從下場門下哪吒仍從上場門上四神將作捉四精本形從兩場門分上立科哪吒唱

黃鍾調隻曲　耍孩兒

這妖魔久已干天討。韻冒犯神威好自招。韻害人逞盡惩滔天惡。韻今朝罪重難饒恕。句敎惩

魄散冰山沒下梢。韻 肖翅銜終難靠。韻怎當這 天兵奮力。句 天網難逃。韻白 衆神將、將這些妖精、押赴陰山地獄去者、四神將應科帶四精仝從右旁門下四神將隨上哪吒白 善哉、善哉、傅羅卜孝念堅誠、被魔纏繞、今日因緣遇我、爲彼除之、他自然努力前行、謁佛救母去也、衆神將、可再往別方巡察走遭、衆應科仝唱

煞尾 奮神威 早把妖氛掃。韻看此去 靈山路不遙。韻說與恁 從此不須多恐驚。句只要得 道念堅持魔自消。韻

衆神將擁護哪吒全從下場門下

第五齣 梅蕊摘來將遠念 庚青韻

生扮羅卜戴巾穿道袍繫鑾帶帶數珠揹經擔從上場門上唱

南呂宮正曲 紅衲襖

歎孤身一路上多戰驚。韻正艱難賴神明來感應。韻白方纔被魔攝去多蒙神天保護如今安妥了、唱我這裏趲行程不敢停。韻白那空中許多神將呵、唱往何方不見影。韻內作水聲科羅卜白來到此間、想是爛沙河了、只見流沙滾滾、河水滔滔、中間一道沙埂、幸無風浪、正好過去、（唱）喜過了爛沙河風浪平。（韻白）這也是神天護佑、好一陣香風逼人、不知什麼所在、（場上設百梅嶺切末、科雜扮樵子戴草帽圈穿喜鵲衣繫腰裙擔柴隨意唱山歌從上場門上羅卜白）大哥前面是什麼所在、（樵子白）這是百梅嶺、過了此嶺、就是佛國、只是凡人有些難過、（從下場門下羅卜白）也說不得了、不免掙挫前去、（唱）又早到百梅山風雪冷。（韻作上嶺放

經擔科白　我一路而來、過了許多外國、語言不通、不知這西天將近、却又與中土風景無二、你看這梅花香得緊、有了、唱　摘一枝獻佛與娘親句也。格作摘花科白　娘、唱願你　聞此奇香早化昇。韻雜扮白猿穿戴白猿切末從上場門上作取經擔科從下場門下羅卜作驚科白　不好了、唱

中呂宮正曲　駐雲飛　忽被猿精。韻　搶我行囊丟在萬丈坑。韻白　天那、唱　經典不留剩。韻娘　儀像無蹤影。韻　嗏格　誰得

我戰兢兢。韻神魂不定。韻滾白只爲娘親陷在幽冥、一路奔波、受盡艱辛、望到西天超度娘親、唱誰知到此山中讀一旦一旦成畫餅。韻白我一路辛苦、只爲母親、如今所事無成、罷、唱合向這萬丈深崖一命傾。韻作欲投崖科白猿復從上場門上負羅卜從下場門下

第六齣　淨衣穿罷認前身　真文韻

小生扮善才戴線髮穿氅繫絲縧持拂塵小旦扮龍女戴過梁額仙姑巾穿氅繫絲縧持僧帽水田僧衣絲縧仝從上場門上分白

成佛即此身、須要脫凡骨、得遂善因緣、仗此慈悲力、仝白我等遵奉觀音菩薩慈旨、保護羅卜、免其險難、好往西天見佛、救母陰司罪業、已命白猿度羅卜脫却凡骨

成就僧儀、不免在此侯他、雜扮白猿穿戴白猿切末負
雜扮羅卜原身戴巾穿道袍繫鑾帶帶數珠從上場門
上置地上科善才龍女白　孝子醒來、生扮羅卜戴巾穿
道袍繫鑾帶帶數珠從地井內暗上作甦醒科白　二位
是那箇、善才龍女白　我等善才龍女、羅卜白　阿彌陀佛、
作見原身科白　這是那箇、善才龍女白　這是你的凡身、
我們奉菩薩之命、一路保護你前來、因你尚係凡人、不
好與你相見、如今已過百梅嶺、你的身子、不是你的原

身了、白猿可駝到潔淨所在去、白猿應科作負羅卜原身從下塲門下善才龍女白可喜超凡入聖、與我等一般若勉力修持、成佛有日、我等尚恐不及、有菩薩所賜淨衣、可以穿戴、作與羅卜穿戴淨衣科唱

仙呂宮正曲 韻 掉角兒

美伊家心堅意悃。韻 修徹了後果前因。路迢迢萬里孤身。韻 行盡了山高嶺峻。韻羅卜白 多掌搭救、感謝不盡、善才龍女唱 堪美你、讀 自挑經。句 負儀像、讀 爲娘親。韻 苦志辛勤。韻合 佛垂憐憫。韻 超度沉

淪。韻能使得。句陰司見母、讀天錫恩綸。韻羅卜唱

又一體

慼慈悲廣施厚恩。韻承二聖護持接引。韻使羅卜早叩慈尊。韻虔誠願必須恭謹。韻善才龍女唱從今後、讀無危難。句身超濟、讀脫凡塵。韻保護朝昏。韻合佛垂憐憫。韻超度沉淪。韻能使得。句陰司見母、讀天錫恩綸。韻羅卜作擔經擔科唱

慶餘

今朝始得皈依信。韻深感戴慈悲接引。韻善才龍女唱你孝善雙修皆緣是夙世因。韻仝從下場門下

第七齣　舍衞城拜受新名　先天韻

雜扮四揭諦各戴揭諦冠穿門神鎧執旛雜扮八侍者各戴僧帽穿僧衣披袈裟帶數珠引旦扮觀音菩薩戴觀音兜穿蟒披袈裟帶數珠生扮地藏菩薩戴地藏髮穿蟒披袈裟帶數珠外扮普賢菩薩戴普賢髮穿蟒披袈裟帶數珠末扮文殊菩薩戴文殊髮穿蟒披袈裟帶數珠從上場門上衆仝唱

仙呂宮正曲　桂枝香　鶴林香滿。叶　曼殊沙爛。叶　又值塵破開經。句　從佛口度人無限。叶　同趨法會。句　同趨法會。疊　諸天歡忭。韻　盡道義天宏衍。韻　四菩薩分白　吾乃落伽山觀音菩薩是也　吾乃九華山地藏菩薩是也　吾乃五臺山文殊菩薩是也　吾乃峨嵋山普賢菩薩是也　仝白　今者共赴龍華法會叅禮無量壽佛　觀音菩薩白　吾曾遵奉如來佛旨保護傅羅卜諸般危難屢試他孝心堅固爲母不惜辛勤今日已到佛國矣　衆菩薩白　那傅羅卜

樂善修行、堅心救母、實是難得、此段因緣、非小可也、唱

合但孝心堅。韻眼前淨土原無隔。句便地下金剛界也

穿。韻內奏樂科衆揭諦從兩塲門分下四菩薩八侍者

分立科雜扮八侍者各戴僧帽穿僧衣披袈裟帶數珠

雜扮張佑大等十人各戴僧帽紮金箍穿僧衣披袈裟

帶數珠雜扮阿難迦葉各戴毘盧帽穿道袍披袈裟帶

數珠引淨扮如來佛戴佛臚腦穿蟒披佛衣從佛門上

唱

又一體

覺華開遍。韻葛藤陳爛。叶爲他漚滅空無。句十法界妙輪常轉。韻誰爲半字。句誰爲滿字。疊而心自滿。叶我言奚半。叶場上設金蓮寶座轉場陞座科四菩薩作叅拜畢各分侍科如來佛白芥子須彌大須彌芥子收由來無量壽不在這春秋吾佛如來是也今乃諸佛菩薩啓建龍華法會之期恰好孝子傅羅卜挑經挑母遠涉長途來到靈山實爲可喜四菩薩白感蒙佛力無邊垂慈保護方纔到得靈山眞可慶也觀音菩薩白未

奉佛旨、不敢引至座前叅叩、如來佛白 引來叅見便了、

觀音菩薩白 謹遵佛旨、着羅卜上殿叅見、四菩薩各歸座科小生扮善才戴線髮穿氅繫絲縧持拂塵小旦扮龍女戴過梁額仙姑巾穿氅繫絲縧持拂塵引生扮羅卜戴僧帽穿水田僧衣繫絲縧帶數珠擔經擔從上場門上仝唱合 到西天。韻真箇是 慧日昭三界。句 慈雲覆大千。韻羅卜白 今日得至靈山深感我佛垂恩望求指引叅叩蓮臺、善才龍女白 相隨我等一同進見、作引羅

卜嵾見科羅卜白 弟子嵾叩、如來佛白 念汝累代仁慈堅心救母、所以得到此地、唱

仙呂宮正曲皂羅袍 笑折花枝自撚。韻 念飲光昔日、讀 一笑如然。韻 看得牛皮眼光穿。韻 自心明了非關見。韻合須辦 信心堅固。句 三千行圓。韻 明知皆夢。句 夢爲善緣。韻 菩提種子方無變。韻羅卜唱

又一體 拜倒如來座前。韻 念小人有母、讀 墮落堪憐。韻 料在陰司望欲穿。韻 自心明了非關見。韻合恨不 信心

堅固。句　三千行圓。韻　眠時求夢。句　尚不能夢來母邊。韻
怎能彀　自心徹了他身變。韻　如來佛白　佛法無量謂之
大佛光普照謂之目佛力至剛謂之犍佛功不息謂之
連若爾可謂大目犍連矣即以大目犍連爲爾法名　目
連白　多謝我佛慈悲　如來佛白　今日龍華法會皆爲你
虔心救母而設你可隨我前往衆侍從就此一同前去
者　衆全白　領佛旨　內奏樂科如來佛下座衆擁護遶場
五科全唱

仙呂宮　涼草蟲　吉雲香四合。句彩光縈萬轉。韻蓮花座

正曲

劈空現。韻只見那罡風下九天。韻去似離弦箭。韻合帝

釋天龍。句一時環繞千千。韻全從下場門下張佑大等

十八人與目連作相見科白　傅兄好麽、別來無恙、目連白

不相識、張佑大白　兄竟忘了、那日兄遭我等強暴、蒙觀

音點化、我等十八人、一心求佛、來到西天、得成正果、目連

白　原來如此、多感佛祖垂慈、唱

慶餘　你屠刀放下和身轉。韻我母氏劬勞却還在九泉。

韻衆全唱少一不得

佛力難思度有緣。韻全從下塲門下

觀音全科

第八本

第八齣 孤栖埂相逢舊主 古風韻

雜扮五長解鬼各戴鬼髮額穿蟒箭袖虎皮卒褂繫虎皮裙持器械帶旦扮劉氏魂穿破補衫繫腰裙從右旁門上唱

越調正曲 水底魚兒 一路孤栖。韻 凄凉訴與伊。韻 悔之無及。韻合只落得雙淚垂。韻只落得雙淚垂。疊長解都鬼白

劉氏、唱

又一體　不用悲啼韻　須知天眼低韻　惡有惡報句合絲毫無漏遺韻　絲毫無漏遺疊　劉氏魂白　長官今來到此是甚麼所在　長解都鬼白　是孤恓埂了　劉氏魂白　如何叫作孤恓埂　長解都鬼白　只因惡人徒貪陽世歡娛恃財妄作那識陰間法度稱物平施所以旣入鬼門關必要過此孤恓埂　劉氏魂白　孤恓埂有甚麼險處　長解都鬼白　聽者只見亂石巉巉一簇簇尖如刀刃危隄削削一寸寸滑似膏油狹又狹長又長少算些三百餘里近

不近遠不遠直連着一十八重幾根丫丫叉叉的樹枝上棲惡鳥一路蓬蓬鬆鬆的茅草下產毒蛇隱隱若雷霆兩邊打來白浪昏昏沒晝夜四下吹起黑風且請伊摸着自已心中誰教你走到這條路上未受那百般苦楚先嘗這一味凄凉哭哭啼啼已滴乾滴不乾的眼淚飄飄蕩蕩重消盡消不盡的遊魂零零丁丁身畔不消解鬼悽悽慘慘眼中那有親人纔知道惶恐灘頭未爲惶恐直到那孤恓埂上方是孤恓

劉氏魂白 難道你們

不過此埂、長解都鬼白　我上慈航渡去、你自到烏風洞來、那烏風洞十日一開、去得不湊巧、還受十日之苦、作與劉氏魂去鎖科劉氏魂白　長官、何不帶我同行、長解都鬼作踢倒劉氏魂科白　撐船過來、雜扮撐船鬼戴鬼髮草帽圈穿喜鵲衣繫腰裙持篙作撐船科從左旁門上五長解鬼仝作上船科從左旁門下劉氏魂作掙起科白　原來丟我獨自要過孤恓埂、少不得掙挫前去、內作水聲科劉氏魂唱

商調正曲 集賢賓 俺則見孤埂迢迢、讀在波濤中結。韻却全無地脈連接。韻白 茫茫巨浪千萬疊。韻好一似雷轟雪噴勢滔天。句謊謊得我魂飛膽喪心驚怯。韻滾白 當當不過風力如刀、唱 熬熬不過身寒似鐵。韻作跌倒復掙起科滾白 這樣孤恓憑誰說、作復跌倒科白 我好悔也、滾白 第一來悔我背子開葷、天井內作下鳥嘬劉氏魂科劉氏魂滾白 第二來悔我瞞天立誓、地井內作出蛇咬劉氏魂科劉氏魂滾白 第三來悔把三官捲起香燈撤、雜扮衆乞鬼各戴破氈帽穿破補衣全從右旁門上作打劉氏魂科劉氏魂滾白第四來悔我殺狗做饅頭、衆乞鬼作推劉氏魂倒地科全從左旁門下劉氏魂滾白第五來悔把齋僧舍宇都燒滅、到如今枉自追思、唱合這些事都成差迭。韻悔斷肝腸思量那些。韻雜扮解鬼戴鬼髮額穿蟒箭袖虎皮卒褂繫虎皮裙帶小旦扮金奴魂散髮穿破衣背心繫腰裙從右旁門上解鬼白金奴、你生前造下無窮業、既到陰司埋怨誰、金奴魂白鬼使哥這是甚麽所在（解鬼白）這是孤恓埂（金奴魂白）少不得跟着你走（解鬼白）我上慈航船渡將過去你從孤恓埂上而來（作與金奴魂去鎖科金奴魂白）長官帶我同上船去罷（解鬼作踢倒金奴魂科白）說得好自在話你也想上慈航這却休想撑船過來（撑船鬼從左旁門上解鬼作上船科從左旁門下金奴魂作掙起科白）丟我孤身在此實是好生苦楚人也（内作水聲科金奴魂白）你看風浪滔天站立不住少不得掙挫前去前面

有一女魂倒在地下我身上寒冷不免剝他一件衣服我且遮寒作搶衣科劉氏魂虛白求免科金奴魂白原來是老安人老安人金奴在此劉氏魂白金奴兒可憐眼壞身傷怎生行走金奴魂白待金奴扶了安人行走作扶劉氏魂起科仝從左旁門下

勸善金科第八本卷上

第九齣 思遺愛貧兒知報 支思韻

雜扮衆乞兒各戴破氊帽穿破補衣繫腰裙仝從右旁門上白

惶恐灘頭實惶恐、孤恓埂上好孤恓、前面兩箇女犯、說了。好一會話、不免去搶他的東西、各虛白從左旁門下

小旦扮金奴魂穿破衫背心繫腰裙扶旦扮劉氏魂穿破補衫繫腰裙從右旁門上唱

仙呂宮集曲　玉胞肚玉山頹首至合　歎孤身到此。韻　幸相逢舊日侍兒。韻白　金奴若依員外之言、豈有今日、滾白　到如今追思不及、懊悔無已、懊悔無已、唱　悔當初錯聽讒言。句　到今朝受罪陰司。韻滾白　自從城隍起解、過那破錢山、滑油山、望鄉臺、奈河橋、鬼門關、來到此間、惡鳥嘬眼、毒蛇傷身、舉目無親、有誰憐憫、有誰憐憫、不想道孤恓埂上、幸然相會你、唱玉供養五至末　兩相愁覷。韻　這苦況有誰能似。韻滾白　今見你來、唱合　痛得我　肝腸斷。句　血淚垂。叶

不堪回首苦追思。韻 作坐地科金奴魂唱

我當初逞伶牙俐齒。韻 獻殷勤 播閒言浪詞。韻

白 金奴爲主之心巴不得安人肥甘養體。滾白 那知道有此報應頓把我爲主之心反成不義造下業寃懺悔無門懺悔無門安人。唱 但令伊超脫沉淪。句 便教奴碎首何辭。韻 劉氏魂白 金奴那鬼使說道烏風洞十日一開若去遲了又受十日之苦你攙扶我起來掙挫前去遍身都被蛇咬傷走不得了。金奴魂白 既是走不得待

我扶了老安人走、作扶劉氏魂起科金奴魂唱願仍供驅使。韻奈瘦伶仃難移雙趾。韻全作跌倒科劉氏魂白這也難怪你了、兒今見你來、唱合痛得我肝腸斷。句血淚垂。叶不堪回首苦追思。韻衆乞鬼全從右旁門上各虛白作搶衣物科金奴魂白你們這些人好狠、我主僕的衣服、都被你們剝了去、難道着身一件衣服、你還要剝麽、一乞鬼白這兩箇女鬼、好眼熟、衆乞鬼白正是我們在陽間討喫的時節、時常見來、我們想一想、一乞鬼

白　是了我想起來了是王舍城會緣橋傳家劉老安人再問他一聲老人家你可是劉老安人麽　劉氏魂虛白　科金奴魂白　你們都是何人　衆乞鬼唱

又一體

告陳前事　韻　是當年街頭乞兒　韻白　常到你家求乞的就是我們了　唱　蒙施捨冷炙殘羹　句　長周濟碎布零絲　韻白　自古道投我以木桃報之以瓊瑤小人生前貧苦　唱報　瓊瑤有志　韻　感戴心終朝常矢　韻白　看起來世情在那裏這劉老安人昔日在陽間之時享不盡

榮華受不盡富貴、滾白 滿頭珠翠遍體羅綺、今到陰司、這等狠狽見之何忍頓然不覺你我慈心起今見你來唱合 痛得 我 肝腸斷。句 血淚垂。叶 不堪回首苦追思。韻 金奴魂白 你們既念安人之恩此時當報了、衆乞鬼白 不消說先前剝的衣服、還了你二位罷、金奴魂白 安人的雙眼受了傷、血流不止、怎生是好、衆乞鬼白 埂上有醫生待我們請來醫治頗先生有請 丑扮頗通醫鬼戴巾穿道袍繫鑾帶背藥箱作駝背科從右旁門上白 陽世不善不惡陰司無貶無褒、幸少寃魂索命、却多貧鬼相招、請了、衆乞鬼白　那埂上有個財主婆、被惡鳥嘬傷眼睛、請你去醫治醫治、頗通醫鬼虛白與劉氏魂作治眼科劉氏魂作睜目科衆乞鬼唱

中呂宮正曲　撲燈蛾

齊人乞食曾。句　齊人乞食曾。疊　酒食長嘗賜。韻　只道隔生死。韻又　豈料相逢在此。韻　也。格　看了這恁般苦凄。叶　由不得教人嗟咨。韻　空有那萬貫金資。韻合　今日裏、讀　分文帶不到陰司。韻　頗通醫鬼衆乞鬼

虛白仍仝從右旁門下雜扮五長解鬼各戴鬼髮額穿
蟒箭袖虎皮卒褂繫虎皮裙持器械雜扮解鬼戴鬼髮
額穿蟒箭袖虎皮卒褂繫虎皮裙仝從左旁門上作各
鎖劉氏魂金奴魂科仝從左旁門下

第十齣　涉重泉力士護行　庚青韻

雜扮八侍者各戴僧帽穿僧衣披袈裟帶數珠雜扮阿難迦葉各戴毘盧帽穿僧衣披袈裟帶數珠執錫杖持芒鞋引淨扮如來佛戴佛臚腦穿蟒披佛衣從佛門上唱

仙呂入雙角合曲　北新水令　大千世界是乾城。韻　圓覺海一漚旋定。韻　淚酣風更鼓。句　花發果還成。韻　悟徹無生。韻　有

漏身奚尊勝。韻場上設金蓮寶座轉場陞座科衆侍者
各分侍科如來佛白一切有爲法如夢幻泡影如露復
如電當作如是觀我釋迦文佛是也鵠林示寂遍界難
藏鹿苑經行全身露布人說是周昭王世出與誰知婁
至佛前普是無古無今兮無去無來有常有樂兮有我
有淨只今龍華一會儼然存試看大目犍連來救母生
扮目連戴僧帽穿水田僧衣繫絲縧帶數珠從上場門
上唱

仙呂入雙角合曲 南步步嬌 母氏劬勞風木警。韻 久住靈山境。韻 森羅事怎生。韻 我佛慈悲。句 隨聲感應。韻合 願放大光明。韻 提出千尋井。韻作叅見科白 弟子目連叩求如來世尊、如何救得母親免受重泉苦楚、望求我佛慈悲

如來佛白 想你遠涉長途、持心堅定、得到金山大非易事、唱

仙呂入雙角合曲 北折桂令 爲慈親艱苦頻經。韻向 竿頭踏步。句歷 烏道行程。韻幾番兒 櫛雨梳風。句 凌霜冒雪。句 戴

月披星。韻　渡滄海鯨鯢波靜。韻　走荒山虎豹風腥。韻　妖魅縱橫。韻　鬼怪侵陵。韻憑着你　不動如如。句　不住惺惺。韻目連唱

仙呂入雙角合曲　南江兒水

欲普如天蓋。句　先期似地擎。韻　威儀細行根於性。韻　八萬三千形召影。韻　泥洹般若須身證。韻　何況生身居孕。押合　母在泥犁。句　仰匄慈恩哀拯。韻如來佛白　善哉善哉百行莫先於孝五倫首重於親你既要救取母親那地獄重重怎生去得我如今與你

九環錫杖一枝、這錫杖呵、唱

仙呂入雙角合曲　北鴈兒落帶得勝令　鴈兒落全　稱身材　磋將兎角成。韻下工夫　纏得龜毛淨。韻不空空　常挑澗底月。句不聞聞　慣骨風前磬。韻　得勝令全　呀。格橫擔着　直入萬峰行。韻驀直去　樹倒一枯藤。韻少了他　七聖猶迷聖。韻有他時　雙睛是一睛。韻　高擎。韻　與汝安心竟。韻　橫行。韻　叢林百魅驚。韻目連作接錫杖科白　弟子持此錫杖呵、唱

仙呂入雙角合曲　南僥僥令　憑空飛冥冥。韻　入地一層層。韻　玉

狗鴻龍來參聽。韻合好向那九關振一聲。韻如來佛白

再與你芒鞋一緉、那芒鞋呵、唱

仙呂入雙角合曲　北鴈兒落帶得勝令　鴈兒落全　鞋幫兒緊峭生。韻

兩脚兒跟梢正。韻一重重把莊嚴淨土踹。句一步步依

般若空王令。韻得勝令全　呀。格你看那月擁更霞蒸。韻消

受得髮布與蓮承。韻渡海呵如象步踏底定。韻登山呵

比牛車是大乘。韻行行。韻直到如來境。韻騰騰。韻毋離

寶所繩。韻目連作接芒鞋科白　弟子穿此芒鞋呵、唱

仙呂入雙角合曲 南僥僥令 從今根脚定。韻 撩起便登程。韻 躧月穿雲雙趺稱。韻合 好向那深深海底行。韻如來佛白 我當再着黃巾力士、送汝前去、目連白 多感佛慈、如來佛白 可喚黃巾力士過來、一侍者白 領佛旨、黃巾力士何在、雜扮四黃巾力士各戴紥巾額紥靠持神旛降魔杵寶燈金鎖金從上場門上作參見科如來佛白 今有孝子目連、要往黑陰司見母、爾等須要小心護送前去、四力士白 謹遵佛旨、如來佛白 目連聽我吩咐、念汝孝善雙修成就你陰曹見母、我已經吩咐力士、護送前行、汝可就此去也、（目連白）領佛旨、（如來佛下座科白）全憑幽贊人天力、永保虔修孝善心、（衆侍者擁護如來佛仍從佛門下四力士白）我等遵奉佛旨、護送前行、就請同往、（目連白）只是有勞衆位、（四力士全唱）

仙呂入雙角合曲（北沽美酒帶太平令）（沽美酒首至四）見慈親在此行。韻見慈親在此行。疊飛也似振衣輕。韻有錫杖芒鞋伴五丁。韻蒙指點路分明。韻（太平令全）回頭望迢遙鷲嶺。韻

但一片慈雲籠定韻偏世界輝光相映韻盼蓮臺依稀雲影韻俺呵格數不盡山程韻水程韻更有這長亭韻短亭韻呀格過千峯只爭俄頃韻目連唱

南慶餘追攀何路尋踪影韻泣血孤兒赴杳冥韻四力士白孝子呵唱須教你無恙前途急趲行韻全從下場門下

第十一齣 [illegible]界陰陽地官申送 魚模韻

雜扮四皂隸鬼各戴皂隸帽穿箭袖繫皂隸帶引淨扮地界官戴黑白二色幞頭穿黑白二色圓領束黑白二色角帶從右旁門上白

陰風四繞苦泥犁黑獄魔城實慘悽白日全無人作伴黃昏只有鬼爭啼吾乃管理黑獄陰司地界官是也則這十司狴犴舉目無天六道輪迴痛心搶地總只是黑

漫漫的三途路徑，却總因鬧攘攘的六慾牽纏。衆鬼卒

隨俺巡察一番者。四皂隷鬼應科。地界官白　漫漫黑獄

幽冥界、造業衆生苦折磨。全從左旁門下。雜扮四黃巾

力士各戴紥巾額紥靠持神旛降魔杵寶燈金鎖引生

扮目連戴僧帽穿水田僧衣繫絲絛帶數珠執錫杖從

上場門上仝唱

正宮正曲　普天樂　踏空行乘風度。韻　忽過却千峯路。韻　纔離

了清淨佛土。韻　又來至幽暗酆都。韻　韻合漸　行行險阻。韻

山川別一區。韻爲救母心專。韻不憚辛苦馳驅。韻四力士白聖僧來此、已是黑陰司地界了、且請少待、陰府地方官何在、四皂隸鬼引地界官仍從左旁門上地界官唱

越調正曲 水底魚兒

冥府酆都。韻誰來擅叫呼。韻陰陽交界。句合森森情面無。韻森森情面無。疊白何人在此陰陽交界、大呼小叫、四力士白我等遵奉佛旨、送聖僧至陰司尋母、從汝地界經過、不得攔阻、地界官白既奉佛旨、

怎敢相違、速請聖僧卽赴陰司尋母、一面備文申行十
殿便了、四力士白 聖僧就請向陰司尋母、我等回覆佛
旨去也、目連白 有勞神力相送、回見佛祖之日、自當叩
謝、四力士白 請了、人心分善惡、地界辨陰陽、仍從上場
門下地界官白 聖僧到此、理當陪侍同往、因有所司事
件在身、以此不得奉陪、我這裏卽便申文前途、一槩不
許攔阻便了、目連白 此則多感、尊官請便、地界官白 聖
僧、小官失陪了、目連虛白科地界官白 相逢纔衮衮話

別又匆匆、四皂隸鬼引地界官仍從左旁門下目連白不免前行便了、唱

正宮正曲　普天樂

歎親魂歸何處○韻膺慈雲施甘露○韻春風布蘇槁回枯○韻好急忙十殿尋呼○韻合漸行行險阻○韻山川別一區○韻爲救慈幃讀不惲辛苦馳驅○韻從左旁門下

第十二齣　嚴旌別案主分明　古風韻

雜扮四女皂隸鬼各戴皂隸帽穿窄袖繫皂隸帶持刑杖雜扮四女禁子鬼各戴棕帽紮包頭穿劉唐衣繫肚囊雜扮女書吏鬼戴書吏帽穿圓領繫鑾帶雜扮女門子鬼戴小兒巾穿道袍引副扮女案主戴鳳冠穿圓領束玉帶從酆都門上唱

吹腔　秦州女

在陰曹讀職掌孟婆湯。韻造惡亡魂到必嘗。

韻見者口乾偏要飲。句霎時吞下便顛狂。韻善人不飲心清淨。句惡犯難逃受此殃。韻迷魂地獄無私曲。句執法從公　把果報彰。韻場上設公案桌椅轉場入桌坐科

白泉路茫茫實慘悽黑雲漠漠覆全低吾湯不是迷魂藥只爲羣生魂自迷吾乃陰府管理迷魂地獄執掌孟婆湯女案主是也凡有一應女鬼皆屬俺掌管今奉閻君之命將一切犯婦分別賢愚善惡若有賢孝節義者即着青衣送至閻君殿庭以便旌奬超生倘有生前造

作非爲者卽將迷湯灌飲以彰孽報衆鬼卒可將一應
女鬼犯逐隊帶來勘驗　女書吏鬼作呈簿書科白　稟上
案主今有王舍城罪婦一名傅門劉氏併有悞被殺害
女犯一名鶯鴻以憑案主發落　女案主白　帶過來　女書
吏鬼白　鬼卒快帶罪婦二名過來　雜扮五長解鬼各戴
鬼髮額穿蟒箭袖虎皮卒褂繫虎皮裙持器械帶旦扮
劉氏魂穿破補衫繫腰裙雜扮解鬼戴鬼髮額穿蟒箭
袖虎皮卒褂繫虎皮裙帶小旦扮鶯鴻魂穿衫仝從右

旁門上衆解鬼白　罪婦二名帶到、女案主白　劉氏你乃是一門修善廣齋僧道茹素持齋如何你夫主亡後一旦聽信讒言背誓開葷殺生害命諸般造孽非爲是何道理、劉氏魂白　犯婦既到此地也無强辯了只求案主寬容饒恕、女案主白　你在生前造惡多端不可勝數自有輪廻果報驚鴻悞傷身命情實可慘陰曹自有報應與劉氏俱各不加迷魂湯飲速解到司主殿前以憑發落、劉氏魂驚鴻魂白　多謝案主、衆解鬼帶劉氏魂驚鴻

魂全從左旁門下女案主白 帶取巫師陳六娘妬婦馮氏過來、衆女皂隷鬼應科帶旦扮陳六娘魂淨扮馮氏魂各搭魂帕穿彩全從右旁門上唱

吹腔

黑霧漫

追悔相從順叛奸。叶今來冥府受摧殘。叶慘慘陰風寒刺骨。句沉沉黑霧覆重泉。韻女皂隷鬼白 罪婦二名當面、女案主白 陳六娘你既爲巫師應當遵行正道反與叛賊李希烈治病馮氏你做了田希監的夫人乃是一位命婦何得妄生嫉妬驅逐鶯鴻悞被殺害

你這二人罪孽兇惡難免陰司鍛鍊也、陳六娘魂馮氏魂白 求案主饒恕、女案主唱你相從叛賊難饒恕。句你這嫉妬傷人犯罪愆。韻白 速喚孟婆取迯魂湯來、雜扮二孟婆各穿老旦衣持湯壺從酆都門上唱把惡人引入迯魂陣。句 管教嘗此發狂顛。韻 忽聞案主來呼喚。句忙持湯壺到臺前。韻女案主唱 孟婆不得違吾命。句 施行治罪莫遲延。韻二孟婆應科陳六娘魂馮氏魂作飲湯迯跌科衆女皂隸鬼作趕從左旁門下女書吏鬼白禀上案主、有女犯四名自有別殿發落、不必飲取迷魂湯、只要案主點名經過專此禀明、女案主白 既如此待我點取姓名、逐一過去便了、犯婦蔣氏、孫氏、陶氏、麗氏、女書吏鬼白 快帶犯婦四名上來、衆女皂隷鬼應科帶雜扮蔣氏魂孫氏魂陶氏魂麗氏魂各搭魂帕穿衫仝從右旁門上唱

吹腔 顛倒歌

我生前、讀 作事多顛倒。韻 罪犯彌天怎脫逃。韻 今日裏 阿鼻受苦須知道。韻這 地獄重重難恕饒。韻

女案主唱誰敎你陽間作惡把良心喪。句到此陰司怎受熬。韻看他們帶鎖披枷眞悽慘。句禍福由來人自招。韻衆女皂隸鬼作帶從左旁門下女書吏鬼白稟上案主、有行善節婦李瓊芝、秦素英二名、請案主發落、女案主白將他二人好好的帶上來、衆女皂隸鬼應科帶小旦扮李瓊芝魂老旦扮秦素英魂各搭魂帕穿衫仝從右旁門上女案主白李瓊芝、秦素英、你二人冰霜節操、貞烈可嘉、甚爲欣羡、李瓊芝魂秦素英魂白何敢當案

主嘉旌、我二人呵、唱

吹腔

貞烈引守堅持讀婦道爲根本。韻九烈三貞重理倫。韻我惡婆讀毒打懸梁縊。句剪髮遭危喪此身。韻

女案主白着青衣好好送到殿主案下、以便超登法界、衆女皂隸鬼作帶從左旁門下女書吏鬼白稟上案主、還有誘人犯法李鵠兒姦騙財物、張妓女拆散姻緣、蔣媒婆、挑唆攪鬭許家娘、共女犯四名、俱係罪孽深重、陰報難逃、專候案主發落、女案主白原來還有這四宗大案、快

快帶過來、衆女皂隸鬼應科帶雜扮李鵠兒䰟張妓女䰟蔣媒婆䰟許家娘䰟各搭䰟帕穿衫仝從右旁門上

唱

吹腔　誅四凶　在陽間、讀爲不良。韻　引誘佳人爲妓娼。韻　傅粉塗朱無廉恥。句　倚門賣笑歹心腸。韻　先許張三攀李四。句　姻緣拆散弄乖張。韻　平空架禍將人害。句　全虧舌劍與唇鎗。韻　女案主作怒科白　你這四名惡婦在生前爲非作歹、逆理亂常、深爲可恨、四鬼犯白　只求案主從

寬饒恕、女案主白 你們到此地位還求饒恕麽、唱

吹腔

暗銷魂 肆姦惡、讀 犯罪條○韻 狠毒心似利刀○韻 任伊求懇怎輕饒○韻 白 李鴇兒、唱 你 誘人犯法 把良心喪○句 白 張妓女、唱 你 姦騙財物恁貪饕○韻 白 蔣媒婆、唱 你 拆散姻緣傷天理○句 白 許家娘、唱 你 是非撥鬬法難逃○韻 白 孟婆、唱 將四名惡犯、讀 忙把迯湯灌○句 從此陰司受煎熬○韻 二孟婆唱 此湯尤勝蒙汗藥○韻 衆女皂隸鬼唱 到口須臾魂魄消○韻 四鬼犯作飲湯迯跌科仝唱

吹腔 醉夢令 飲逃湯讀苦痛煎。韻絞腹屠腸頃刻間。叶飄飄一似風中絮。句渺渺猶如醉夢顛。韻女案主唱速將利器忙驅逐。句押入酆都拘禁監。押女皂隸鬼唱不用鞭笞加刑杖。句忙將鎖鍊緊牢拴。韻女禁子鬼唱將伊速解森羅殿。韻另有嚴刑按罪愆。韻碓搗磨挨諸地獄。句尚有那灰河劍樹與刀山。叶鎔銅熱鐵把咽喉灌。叶沸滾油鍋將身體煎。韻衆女皂隸鬼作帶從左旁門下

雜扮衆女鬼各搭魂帕穿衫全從右旁門上唱奔馳倏

忽離塵世。句迅速行來到九泉。韻饑又饑來渴又渴。句香湯撲鼻口流涎。韻各作飲湯逃跌科衆女皂隸鬼作趕打科全唱

新喪亡魂諸鬼類。句休因渴吻便爭餐。叶

衆女鬼唱

只道瓊漿甘露飲。句誰知喫下遍身酸。叶絞腸剮肚心疼碎。句早知如是爲何餐。叶衆女皂隸鬼作趕從左旁門下丑扮女報子鬼穿衫從酆都門上白

一心忙似箭，兩脚走如飛。啓上案主，今有一殿閻君審問鬼犯案件甚緊，恐有撥在案主司分之事，因此特來報

知、女案主白既如此打導往彼、一女皂隷鬼向下牽驢

隨上女案主作倒騎驢科唱陰司地獄重重苦。句這的

是作惡身亡第一關。叶急速快到森羅殿。韻倘悞公差

惹罪愆。韻衆全從酆都門下

第十三齣　重勸問業鏡高懸

古風韻

酆都門上換業鏡地獄匾雜扮牛頭馬面各戴套頭穿門神鎧持叉雜扮八小鬼各戴鬼髮穿箭袖繫肚囊雜扮八鬼卒各戴鬼髮穿蟒箭袖虎皮卒褂持器械雜扮八動刑鬼各戴髽髮額穿劉唐衣繫肚囊雜扮八侍從鬼各穿戴業鏡地獄鬼衣雜扮二判官各戴判官帽穿圓領束角帶持筆簿雜扮金童戴紫金冠穿氅繫絲縧

執旛雜扮玉女戴過梁額仙姑巾穿氅繫絲縧執旛引雜扮第一殿閻君戴閻君套頭穿閻君衣襲氅從酆都門上唱

仙呂調隻曲　點絳脣　果報分明。韻還同形影。韻來折證。韻造業衆生。韻現放着高臺鏡。韻塲上設平臺虎皮椅轉塲陞座衆鬼判各分侍科八小鬼向下扛業鏡臺隨上設左側科閻君白　陰府森羅殿十重、職居首殿勢尊崇、從來地獄無寃斷、執法閻君心至公、吾乃一殿秦廣王是也掌管業鏡地獄、但凡陽間作惡之人、進了鬼門關、殿殿勘問、受種種地獄之苦、直至十殿、方得超生、若獲重罪、打入泥犁、永不得還陽世、近因鬼犯奸狡者頗多、爲此預將業鏡懸設於此、使他一到這裏、鏡中照見、立辨善惡、鬼使如有鬼犯到來、帶進聽審、衆鬼卒應科、雜扮五長解鬼各戴鬼髮額、穿蟒箭袖、虎皮卒褂、繫虎皮裙持器械、帶旦扮劉氏魂、穿破補衫、繫腰裙、從右旁門上作到科、長解都鬼白　門上那位在、一鬼卒作出門問科

長解都鬼白　犯婦劉氏解到、鬼卒虛白作進門稟科閻君白　帶進來、鬼卒作出門引五長解鬼帶劉氏魂作進門跪科長解都鬼跪呈公文科閻君作看公文科白　一名犯婦、傳門劉氏、惡業多端、從實招來、劉氏魂唱

中呂宮正曲　駐馬聽

哀告聲聲。韻　提起沉冤雨淚零。韻　念奴是從夫從子。句　施帛施金。讀　齋道齋僧。韻　奈因東嶽誤聞聽。韻　將奴加罪不詳省。韻合　乞賜哀矜。韻　高臺明鏡超身命。韻閻君白　帶他到業鏡臺去、照便見分明、一

判官帶劉氏魂至業鏡臺前跪照科鏡中現出劉氏設計燒害僧道景像科劉氏魂作悔歎科一判官白 啓上閻君、這劉氏立誓持齋茹素、永不開葷、後來他頓改初心、欺僧滅道、殺害牲靈、以充口腹、將骨頭埋在花園之內、罪惡椿椿、合受重重之苦、謹此禀上閻君、以憑發放、閻君白 可惱、與我着實的打、衆鬼卒作打劉氏魂科閻君唱

又一體 行濁言清。韻 業鏡昭昭自見形。韻 故違誓願。句

殺害犧牲讀 褻瀆神明。韻 當時任意恣胡行。韻 無窮罪惡書難罄。韻合 誓願難更。韻 如山鐵案從茲定。韻 一判官付公文科長解都鬼接公文帶劉氏魂作出門從左旁門下雜扮二解鬼各戴鬼髮額穿蟒箭袖虎皮卒褂帶淨扮張捷魂戴氈帽穿喜鵲衣繫腰裙生扮陳榮祖魂戴巾穿道袍繫腰裙從右旁門上作進門跪科陳榮祖魂白 爺爺、陳榮祖被他謀死獄中的、張捷魂虛白科閻君白 誰與你分剖、也帶他到業鏡臺一照便了、一判官帶張捷魂至業鏡臺前跪照科鏡中現出張捷設計害陳榮祖景像科張捷魂作驚怕科八小鬼扛業鏡臺下仍上分侍科判官白　張捷爲富不仁、違禁取利、大升小斗、害衆成家、將這秀才陳榮祖、謀死獄中、占他妻子、幸得傅相救拔他、又做了逆賊李希烈奸細、因此被寃之人、把他活活將彈打死、閻君白　原來如此、張捷、唱

又一體　你　乖戾天生。韻　爲富奸貪惡貫盈。韻　慣用那　大升小斗。句　刻剝貧民　讀　心欠公平。韻　把　閭閻懦弱恣欺

凌韻小民誰敢與伊爭競韻白我這裏本當加罪於你只因你被彈打死也算償了寃債了註生判官將他解往前途按業受報便了唱合使他貧賤伶仃韻他生惡報今生定韻一解鬼應科帶張捷魂作出門科從左旁門下閻君白陳榮祖既是秀才遭寃而死可發牌到十殿使他轉生陽世爲官陳榮祖魂作叩謝科白多謝爺爺正是人惡人怕天不怕人善人欺天不欺一解鬼帶陳榮祖魂作出門科從左旁門下閻君下座科唱

慶餘

歎世人昧心行不正。韻業鏡臺前事事明。韻惟有箇積善之人心不驚。韻衆鬼判擁護閻君仍全從酆都門下生扮目連戴僧帽穿水田僧衣繫縧絛帶數珠執錫杖從右旁門上唱

仙呂調隻曲 村裏迓鼓

初來到陰司陰司地面。韻向何方森羅森羅寶殿。韻我將這錫杖兒高擎。句行遍了地獄重泉。韻過奈河橋邊。韻滑油山前面。韻見一所鐵圍城銅牆鐵壁。句四時蔽日。句萬垛連天。韻好教我瞻之在前。

韻仰之彌高。句鑽之彌堅。韻天我娘親多應在鐵圍城
裏、讀受着業冤。韻以錫杖卓地科白唵嘛呢薩婆訶、一
判官從酆都門上白禪師何來、目連白爲尋老母驚動
起居、判官白不知令堂是何門何氏、目連白傅門劉氏、
判官白傅門劉氏方纔解往前途去了、此去前面地獄
重重也難相見、勸你休去罷、目連白縱是地獄重重、少
不得要尋見我娘親、判官唱
南呂宮引 哭相思 高僧不必淚漣漣。韻鐵杵磨鍼在意堅。韻

仍從酆都門下目連唱

我到鐵圍娘又去。句不知何日

再團圓。韻從左旁門下

醫書全種　第八本　六

第十四齣 乍遭逢春心頓起 古風韻

雜扮二院子各戴羅帽穿屯絹道袍繫縧帶引旦扮曹賽英穿鼇坐車內科雜扮車夫戴氈帽穿喜鵲衣繫腰裙作推車科從上場門上丑扮梅香穿衫背心繫汗巾老旦扮奶娘穿老旦衣繫包頭隨上曹賽英唱

商調引 接雲鶴 崎嶇行過北邙頭。韻 滿眼蓬蒿土一抔。韻

白 世人皆有母嗟我獨無娘不盡杜鵑血千行併萬行

不幸母親早喪、感得繼母養育成人、今遇清明、恰是母親忌日、往常父兄在家、必到墳頭掛紙、前日爹爹因承王命賞邊、哥哥爲因老父年邁、以此追隨同往、今日奴家特來拜祭母親墳塋、拜掃已畢、不免回去、罷堂前萱草摧風冷、膝下嬌蘭怨月明、仝從下場門下、副扮段公子戴巾穿道袍持馬鞭從上場門上、雜扮院子戴羅帽穿屯絹道袍繫鑾帶隨上、段公子唱

高大石調正曲　窣地錦襠

清明時節賣餳天。韻愛看兒童放紙

鳶。韻遊人倦賞暮方還。韻合到處牽情意黯然。韻曹賓

英內白梅香可從小路回去罷、段公子白聞得一佳人吩咐梅香從小路回去、不免趲行幾步、先到小路口上等候、待他來時、不免飽看一回、有何不可、院子白公子要放尊重些、段公子唱

高大石調正曲 哭岐婆 你休談迂論。句我心如火燃。韻把雕鞍斜拂。句快着玉鞭。韻合羊腸路口候嬋娟。韻若得相逢緣不淺。韻白此乃小路口上、想那嬌嬌、定從此路而來、

我不免下了馬在此柳陰之下等他則箇作下馬院子作接馬科梅香內白車子可從那邊走段公子白來了快些迎着他走院子引曹賽英坐車內車夫作推車科梅香奶娘隨科仝從上場門上曹賽英唱

南呂宮正曲 金錢花

崎嶇小徑斜穿。韻斜穿。格千家榆火新烟。韻新烟。格梅香作閃跌科唱鞋弓襪小步難前。韻曹賽英唱明霞照。讀蔓花牽。韻合須攢步。讀轉家園。韻仝從下場門下段公子虛白作窺覷科梅香白誰家浪子這等無禮、段公子白 我是段公子、極富貴、極勢力、只是一件、我没有老婆的、梅香虛白從下場門下院子白 被那梅香罵了公子去了、段公子白 他罵我是愛我、你徒聞其言、不察其心、見我被他罵、不知我的快活、莫說小姐就是這箇丫頭也生得十分清俊、可愛可愛、院子白 公子請上馬回去罷、段公子白 我也不騎馬了、唱

又一體

嬌嬌美貌堪憐。韻 堪憐。格 不由人不留連。韻 留連。格 馬知人意懶奔前。韻 慾火動。讀 忽如燃。韻合 須趲

步讀轉家園。韻院子白　公子、已到自家門首了、段公子虛白作進門院子隨進科段公子白　這是那裏、院子白　是公子書房裏、段公子白　想昏了、拿茶來喫、院子應科從下場門下場上設椅段公子坐科白　晴日芳郊遇麗娟、雙眸剪水鬢拖蟬、暗中幾度閒猜擬、應是仙姬步洛川、我方纔遊春而回、中途幸遇嫦娥、十分美貌來到家庭、不覺天色已晚、起作望月科唱

南呂宮正曲　紅衫兒　早雲破月來花弄影。韻寂靜閒庭。韻對

良宵幽恨偏增。韻 思量可憎。韻 怎不把笑臉兒來迎。韻

我辦十分至誠。韻合 倘得箇親近娉婷。韻 是三生有幸

韻白 那小姐前行我在後隨風吹香氣撲鼻馨馨 唱

南呂宮正曲 劉潑帽 只待車中馬上相隨定。韻 沒揣的向爪

遥潛行。韻 想多應假把心腸硬。韻合 管一笑契三生。韻

百歲姻曾訂 韻 生科院子捧茶盞從上場門上白 公子

請茶 假公子白 我那箇要喫茶我們今日遊春見的那

箇女子是那一家的你可知道麼 院子白 那箇女子麼

乃是曹尚書老爺的女兒名喚賽英小姐先年憑那張媒許聘傅相之子近聞其子出家修行不知此女近來如何、段公子起隨撤椅科白 既然如此張媒必知端的、快備辦禮物明早你就去託那張媒便了、院子應科段公子白 清揚逢淑女、院子白 撮合賴冰人、段公子白 好咏桃夭句、院子白 蘭房花燭新、仝從下場門下

第十五齣　森羅殿積案推情　古風韻

雜扮牛頭馬面各戴套頭穿門神鎧持叉雜扮八鬼卒各戴鬼髮穿蟒箭袖虎皮卒褂持器械雜扮八動刑鬼各戴髽髮額穿劉唐衣繫肚囊雜扮四判官各戴判官帽穿圓領束角帶持筆簿引雜扮第一殿閻君第五殿閻君各戴冕旒穿蟒束玉帶從酆都門上全唱

南呂調一枝花套曲

俺爲着飛書下紫霄。句一般的搖珮趨

青瑣。韻雜扮第二殿閻君第三殿閻君各戴冕旒穿蟒東玉帶從酆都門上仝唱信不的叫冤天地少。句結不了疑案古今多。韻雜扮第四殿閻君第六殿閻君各戴冕旒穿蟒束玉帶從酆都門上仝唱儘饒他暗使嘍囉。韻早自已難瞞過。韻雜扮第七殿閻君第八殿閻君各戴冕旒穿蟒束玉帶從酆都門上仝唱非是俺冥司法太苛。韻雜扮第九殿閻君第十殿閻君各戴冕旒穿蟒東玉帶從酆都門上仝唱下還高葉落歸根。句好和歹花開結果。韻衆閻君白奸佞多成案、曹司積簿書、天心還慎重、一蟻不輕誅、我等十殿閻羅是也、適奉上帝玉旨、令我等會審積年大案、將罪犯提齊在東嶽大帝殿庭、公同審理、衆鬼使就此擺道前行、衆鬼判應科衆閻君白鸞鵲乍銜天詔下、旌旗遙拂嶽雲開、衆全從下場門下雜扮八侍從各戴將巾穿蟒箭袖排穗執儀仗雜扮四判官各戴判官帽穿圓領束角帶持筆簿引淨扮東嶽大帝戴冕旒穿蟒束玉帶執圭從上場門上唱

南呂調套曲　九轉貨郎兒第一轉　香熏透松風古殿韻簾隱映丹崖翠巘韻只可惜殘碑無字草芊芊韻雜唱裏催塵世句日起處促流年韻怎教俺簽注彭殤不悵然韻

白盤盤石路接天門秩比三公岳最尊七十二君封禪後金泥玉檢至今存俺乃東嶽天齊大帝是也恰纔朝見玉帝奉有玉旨今日會齊十殿閻君到俺殿庭公同勘問應行發落案件則索陞座者　內奏樂科雜扮四宮官各戴宮帽穿圓領繫絲縧執符節龍鳳扇從兩塲

門分上場上設高臺帳幔桌虎皮椅東嶽大帝轉場陞
座衆侍從各分侍科衆鬼判引衆閻君從上場門上全
白金碧輝煌開寶殿、香烟繚繞捲珠簾、作到進門科白
大帝在上、我等衆森羅叅禮、東嶽大帝白衆位閻君少
禮、衆閻君作叅拜科白爲定南山案、來叅東嶽宫、欽哉
刑是恤、上帝好生同、東嶽大帝白衆位閻君請各歸公
座、衆閻君白謹遵帝諭、場上設公案桌椅衆閻君各入
桌坐科東嶽大帝白衆位閻君、今日遵奉玉旨、會審積

年大案須要仔細詳明逐一勘問我當奏請玉旨定罪
施行、衆閻君白　掌案的可將案卷逐一呈明大帝觀覽
衆判官作呈簿書科白　案卷呈覽、東嶽大帝作看科衆
閻君白　可將逆謀案件細細報明、衆判官作跪科白　奸
邪盧杞一案楊國忠一案酷吏來俊臣一案叛逆安祿
山一案朱泚一案李希烈一案逢君悞國李勣一案俟
大帝勘問定罪、東嶽大帝白　看這幾椿案件俱是罪惡
滔天好生可恨也、唱

第二轉　錦簇簇繁華天下。韻閙炒炒幾場戲耍。韻慘可可葬送了長安百萬家。韻則待將枝節搜尋到根芽。韻敢只是內奸臣外叛賊。讀相勾搭。韻也着他受些刑罰。韻衆閻君各作怒科東嶽大帝唱早觸怒了皐繇臉削瓜。韻白帶這盧杞過來、衆閻君白快帶盧杞聽審、鬼卒應科向酆都門帶淨扮盧杞魂戴幞頭搭魂帕穿喜鵲衣繫腰裙帶枷杻作進門跪科鬼卒白盧杞當面、東嶽大帝白盧杞、你貌陋心險、妬賢嫉能、毒害廷臣、不計其

數是箇做宰相的麽　衆閻君白　這廝罪惡多端屢經審鞫俱已供招有卷一覽便知奸賊你可將毒害廷臣緣故再說一番　盧杞魂白　我自想這些勾當也沒有別的緣故算來邪正勢不兩立顏眞卿在朝尤爲挺正敢言那裏容得他只得假手於賊以杜後患那曉得倒成就了他萬古之名我偏受九泉之苦　東嶽大帝白　小人固寵保位一至於此盧杞你好狠毒也　唱

第三轉　恁可是　李林甫傳的嫡血　韻　陷忠良堂深偃月

韻那郭汾陽、讀早識你心邪。韻見你時廻避了。句衆姬
妾。韻衆閻君白令公果有先見、東嶽大帝唱直弄的兵
戈遍野。韻搜括的窮民怨嗟。韻奸人黨結。韻忠臣恨切。
韻催趲着國破家亡好快些。韻衆閻君白這廝罪不容
誅、如何發落、東嶽大帝白各殿速行定擬、以便回奏、衆
閻君白按律臣下犯奸佞者、腰鍘、盧杞係奸佞之臣、合
依律腰鍘、東嶽大帝白各殿王執法無差、便將盧杞做
箇奸佞的榜樣、衆閻君白衆鬼使、可將盧杞押下去、鬼

卒應科帶盧杞魂作出門科仍從酆都門下東嶽大帝白帶楊國忠過來衆閻君白快帶楊國忠聽審鬼卒向酆都門帶雜扮楊國忠魂戴幞頭搭魂帕穿喜鵲衣繫腰裙帶枷杻作進門跪科鬼卒白楊國忠當面東嶽大帝白楊國忠你自恃椒房貴戚權傾中外平生罪惡罄竹難書我且略舉一二卽如你做御史的時節迎合奸相之意按治韋堅等獄深文巧詆誣蠛被收者數百家那些怨鬼豈肯饒你扶風報災你遣使按問致郡國水

旱不敢上報那些餓鬼豈肯饒你洱河敗後你又興師動衆可憐勍卒二十萬蹄屦無遺那些陣亡之鬼也不肯饒你教俺如何治汝以雪衆憤〔衆閻君白〕可恨我等不禁髮指楊國忠你還有辯處麽〔楊國忠魂白〕事已如此有何分辯只是我生察察的一身肥肉都被軍士們噉盡更將何物抵罪〔衆閻君白〕你身上之肉有盡心中之毒無窮俺這裏自有箇抵罪的法兒〔東嶽大帝白〕楊國忠你不如在長安市上做箇無賴惡少年了此一身

倒沒有許多罪業也唱

鎮日裏齊整整花街柳市。韻笑吟吟憨哥浪子。韻誇什麽門楣靠這海棠枝。韻受了些官家寵賜。韻舒了些胸中鬱滯。叶千不合萬不合讀惹了馬嵬驛諸軍士。韻到了陰司。韻喫了官司。韻借不的。讀虢國夫人勢叶向這裏錢也無處使。韻撕。韻裂了四肢。韻剛賸得一具兒骷髏跪在此。韻衆閻君白這廝罪大惡極如何發落。東嶽大帝白各殿王速行定擬以便回奏。衆閻君白

論起來楊國忠也是一箇奸相。該與盧杞同罪。但其間
干連人命更多。宜加二等。應上刀山。東嶽大帝白 各殿
王所擬妥協。仍候玉旨施行。衆閻君白 衆鬼使可將楊
國忠押下去。鬼卒應科帶楊國忠魂作出門仍從酆都
門下衆閻君白 快帶來俊臣聽審。鬼卒應科向酆都門
帶丑扮來俊臣魂戴紗帽搭魂帕穿喜鵲衣繫腰裙帶
枷杻作進門跪科來俊臣魂作大喊起立科白 我好不
伏也。衆鬼卒作喝打科東嶽大帝白 來俊臣。你有何不

伏之處不妨說上來。來俊臣魂白　我來俊臣最不伏的。就是那呌做什麽閻羅王。東嶽大帝白　休得無禮。來俊臣魂白　我來俊臣雖是箇酷吏。比那閻羅還不及萬分之一。酷吏有罪。閻羅獨無罪。這是死也不伏的。東嶽大帝白　各殿王恕他狂妄無知。不必計較。待俺曉諭他一番。衆閻君虛白科　東嶽大帝白　來俊臣。你曉得麽。人間五刑。地府十獄。人間的是殺以止殺。地府的是心所生心。若刑所當刑。地府的舂燒碓磨。皆是你自心所成。若刑所不當刑人間的一笞一杖亦是你妄加于彼你巧伺女主屢興大獄芟夷巨室翦削宗支罪已上通於天何況貪婪淫穢受賕枉法謀吐蕃之婢奪段簡之妻自比石勒中懷反叛無間地獄正爲汝輩設也 唱

第五轉本文

你生揑就蕭何律令 韻 活脫的張湯情性 韻 則見慘離離 讀 貫索許多星 韻 逢乳虎 句 畏蒼鷹 韻 還又著成一篇羅織經 韻 秦國商君 句 漢朝甯成 韻 近日的周興 韻 羅鉗吉網名相並 韻 偏帶着一種風流餘興 韻

赴西市可也該應。韻你　蓋棺何處用灰釘。韻剕的　魚腸快。句踹的　馬蹄輕。韻人人道恨　地獄偏無十九層。韻白各殿王那來俊臣徑押送酆都去罷　衆閻君白　是衆鬼使將來俊臣押下去帶安祿山過來　鬼卒應科帶來俊臣魂作出門科仍從酆都門下隨帶雜扮安祿山魂戴黑貂搭魂帕穿喜鵲衣繫腰裙帶枷杻作進門跪科鬼卒白　安祿山當面　東嶽大帝白　安祿山你狠子野心辜恩負德輒敢稱兵犯闕以致天子蒙塵生靈塗炭只要

問你赤心何在、衆閻君白 逆賊、你快快說上來、安祿山

魂白 祿山荷蒙開元皇帝、非常恩遇、初無反叛之心、無

奈楊國忠那厮、必欲殺我、我恐墮其術中、矢在弦上、不

得不發耳、東嶽大帝白 你久蓄異心、何須狡辯、唱

第六轉

可記得 重重疊疊讀 君恩天樣 韻 怎下得 狠狠

毒毒讀 胡思亂想 韻 早則見 密密匝匝讀 人人馬馬逼

滎陽 韻 便擒了 噓噓喘喘哥舒將 韻 骨都骨朶讀 男男

女女讀 死死傷傷 韻 倉倉猝猝讀 急急遽遽讀 鑾輿西

向韻你不顧羞羞荅荅讀也敎正衙排仗韻蹀躪那宮宮殿殿花句亂點那官官府府帳韻嗚嗚咽咽讀簫簫管管讀凝碧淒凉韻哭殺了倔倔强强讀悽悽慘慘讀琵琶隊長韻合消受這悄悄冥冥讀梟子猪兒一劍銼韻衆閻君白 叛賊如此結局麽東嶽大帝白 叛賊豈但如此結局各殿宜速行按律定擬以便回奏者衆閻君白 按律叛逆者下油鍋東嶽大帝白 安祿山候玉旨徑下油鍋便了其朱泚李希烈等都是安祿山之餘氛流

毒、屢經各殿王審問、不必再審與安祿山一體治罪也

下油鍋便了、衆閻君白　衆鬼使將安祿山押下去、帶朱

泚李希烈過來、鬼卒應科帶安祿山魂作出門科仍從

酆都門下隨帶淨扮朱泚魂戴九梁冠搭魂帕穿喜鵲

衣繫腰裙帶枷杻淨扮李希烈魂戴九梁冠搭魂帕穿

喜鵲衣繫腰裙帶枷杻作進門跪科東嶽大帝白　二犯

押回拘禁、鬼卒應科帶朱泚魂李希烈魂仍從酆都門

下東嶽大帝白　我想那朱泚李希烈呵、唱

第七轉　乘亂後謀王奪霸。韻 在軍中稱孤道寡。韻 無非是、讀 公孫井中蛙。韻 衆閻君白 這等重、因還乞大帝親訊、東嶽大帝唱 不是咱。讀 將 重案輕批答。韻 也則是他業由心發。韻 衆閻君白 這兩箇亂賊、恰被兩箇忠義之士、一打一罵、早已褫其魂魄矣、東嶽大帝唱 一 從那千斤鎚博浪沙。韻 椎秦罷。韻 只有叚司農 這笏天來大。韻 和那顏常山的弟兄。句 一樣的 青史上。讀 姓名香艷殺。韻 衆閻君白 帶李勣聽審、鬼卒應科向酆都門帶雜扮

李勣魂戴幞頭搭魂帕穿喜鵲衣繫腰裙帶柳柦作進
門跪科鬼卒白 李勣當面東嶽大帝白 李勣你是唐太宗從龍之彥勲銘鐘鼎身畫凌烟何故罹此重辟李勣魂白 李勣身係重囚何敢鳴寃高宗皇帝謂勣奉上忠事親孝歷三朝未嘗有過李勣豈敢當至冊立武后一案只道是言亦無益且實不能逆料後日之禍深負昭陵若謂勣私已畏禍從而導之則史臣過刻之論也伏惟嶽帝憐之東嶽大帝白 取李勣平生善惡簿查閱衆

閻君作喚判官取簿科二判官應科向下各取簿隨上至公案前跪科分白這是李勣善行簿用朱書的這是李勣惡行簿用墨書的東嶽大帝作看科白李勣善行不勝紀載其惡行甚少至于立后一件墨書一紙不滿兩三行豈可以小眚掩其大德各殿王也覺得輕人人罪了衆閻君各作出公座科白善惡自有輕重不論多寡或一善可以蓋諸惡善重故也或萬善不能敵一惡惡重故也李勣雖善行纍纍只消立武氏一事惡已儘

殼了、我等惟有上奉天條焉敢出入、東嶽大帝白 善惡重輕有何憑據、衆閻君白 善惡重輕豈可臆斷、只要上了天平自然不失銖黍、東嶽大帝白 各殿王請歸公座、衆閻君各作入座科白 鬼卒們速取善惡平過來、衆動刑鬼應科向下扛善惡平隨上設中場科一判官取朱簿數十本置天平一頭作平重到地科一判官取黑簿一本置天平一頭作平重極將朱簿齊翻落地科東嶽大帝白 李勣、你一生之案自定矣眞箇可憐、唱

第八轉　當日箇一意投身眞主韻辛苦的櫛風和那沐雨韻緣沉槍衝陣去驟龍駒韻纓着曼胡韻曼胡疊錦征袍偏宜繡天吳韻雕鞍黃金鍍韻好形模也波哥格夌烟圖也波哥疊攀者龍鬚韻偌大江山寄着心腹韻只消伊一句韻一句疊把黃臺瓜摘箇無餘韻枉是勲勞著韻竟何如也波哥格總成虛也波哥疊還則怕地下難饒鬼董狐韻白雖然如此各殿王李勣畢竟在矜疑之列須請玉旨處分、眾閻君白是、眾鬼卒且將李勣

帶去另行看守、鬼卒應科帶李勣魂作出門科仍從酆都門下東嶽大帝唱

第九轉

都虧了你森羅十地。韻一件件虛心的定擬。韻東嶽大、讀須彌小總無遺。韻南山倒鐵案無移。韻須明白上達天墀。韻

衆閻君各作出座呈簿科白各案擬定罪名呈覽以便題達、東嶽大帝作看科唱

腰鍘的是奸邪相臣盧杞。韻楊國忠等應加二。叶阿鼻獄、讀來俊臣一名酷吏。韻

衆閻君白安祿山、朱泚、李希烈俱入油鍋、

東嶽大帝唱　這是那　三大案反賊韻並皆　付之鼎鑊洵相宜韻俺只是可憐這李勣韻怎能彀奉　玉旨特地赦金雞韻衆閻君白　只是流毒甚深法嚴首惡東嶽大帝唱他發心初　豈要剪落　這　蟠根李韻下座科隨撤公案桌椅科東嶽大帝白　十殿請回我便上靈霄奏事去也唱宮庭吏散夕陽西韻只有這　青不了嵐光讀　相送你韻四宮官從兩場門分下衆侍從擁護東嶽大帝仝從昇天門下衆閻君白　東嶽大帝已往靈霄奏事我等各

回殿宇候待玉旨便了。唱

煞尾 回瞻山殿烟雲鎖。韻宛似朝回散玉珂。韻消豁了重重積案多。韻則盼着鳳下天門書報可。韻衆鬼判擁護衆閻君仍全從酆都門下

第十六齣　鐵石腸空悼矢節　眞文韻

小旦扮張氏穿氅從上場門上雜扮二梅香各穿衫背心繫汗巾隨上張氏唱

黃鐘宮引　傳言玉女　壻入禪門。韻　參破色香花陣。韻　悞聞中春光一瞬。韻　紅絲撇下。句　向蓮座拈花精進。韻　少不得別尋華胄。句　再諧秦晉。韻　中場設椅轉場坐科白　妾身張氏。好笑我家相公全無主意。竟把女兒許配傅家。當時我原不允我家相公說他舉家好善後嗣必昌那裏曉得他兒子修行出家竟將庚帖送還我家豈不惹人笑話仔細想來他既還我庚帖我不妨另擇名門怕沒有門當戶對的好人家有才有貌的俊女壻麽

丑扮張媒婆穿老旦衣繫包頭從上場門上白

受人之託必當終人之事自家張媒婆的便是承叚公子託往曹府求親此間已是不免逕入

作進門相見科白

夫人好麽老婢見禮了

張氏白

張媒你到此何幹

張媒婆白

今有叚

公子久慕尊府小姐才貌雙全特央老身作伐敢求小姐爲配不知夫人意下如何張氏白叚府求親豈有不允之禮只是我家老爺不在家裏老身未便作主如何是好張媒婆白老爺是知書達禮的人夫人允許了料他回來決無更變張氏白說便是這等說古云婦人無專制之義須得老爺回來張媒婆白男大須婚女長須嫁可許即許何必等老爺回家況且老爺在邊庭倘或身子羈絆一年半載那時公子別求佳偶只怕叚府這

樣人家就尋不出第二家了、老夫人不要懊悔、張氏白須請女兒出來問他一聲、看他主意何如、張媒婆白旣如此、老婢暫且躲避一邊、張氏白你且在廂房少坐、張媒婆白要知心內事、但聽口中言、一梅香引張媒婆從下場門下梅香仍上科張氏白梅香、請小姐出來、一梅香白曉得、小姐有請、旦扮曹賽英穿衫從上場門上唱

黃鐘宮引　玉女步瑞雲　亂絮愁痕。韻攪和夢魂春困。韻豈肯逐東風滾滾。韻作拜見科場上設椅坐科張氏白我兒、

自從你爹爹、將你許與傅家、做娘的心裏、至今不樂、那
知女壻又去修行出家、前日反把庚帖退還、也是天隨
人願、恰好張媒來說叚家公子、慕你的才貌、特地央他
求婚、兒叚家富貴無比、遠勝傅門、這頭親事、纔中我意、
不知你意下若何、曹賽英白論女道應遵母命、張氏作
喜科白這便纔是、曹賽英白論婦道當從夫言、張氏作
不悅科曹賽英白爹爹既把孩兒許與傅門、兒便是傅
家的人了、嫁雞隨雞、嫁犬逐犬、那裏論什麼富貴貧賤

況爹爹賢勞王事、邊庭不久就回、且等爹爹回來、自有定見、母親何必費心、張氏作怒科白難道我就做不得主麽、曹賽英作跪科唱

黃鐘宮正曲　獅子序

娘垂念休怒瞋。韻想伊家不是無情義人。韻張氏作扶起科白若有情義、不還庚帖了、曹賽英白他還庚帖呵、唱又非有釁端、讀故背姻親。韻白他爲西方救母、日久月長、怕孩兒年紀大了、唱擔悞奴心不忍。韻白無可奈何唱權且把庚帖還、句聘金還、句爲推

遜。韻逆料吾家不依順。韻合却不道我心匪石讀方顯

的烈女忠臣。韻張氏白忠臣不事二君是論已受爵祿

的烈女不嫁二夫是論已執巾櫛的你今可曾執巾櫛

麽曹賽英唱

黃鐘宮正曲　太平歌　雖未持巾櫛。句已與訂朱陳。韻那有和

鳴占吉姻。韻把三生宿緣勾銷罷。句倒和那非耦相厮

混。韻況雀屏矢中幾經春。韻合怎做負心人。韻張氏白

癡了頭他既負心送還庚帖你却這樣堅志不要被他

悮了。曹賽英唱
黃鐘宮　賞宮花　任憑他悮人。韻　我心兒總認眞。韻白　不
正曲　要說傳家決不另娶就是將來另娶了。唱　願學嬰兒子。
句不嫁　守終身。韻合　之死勿渝金石性。句作拭淚科低
唱　貞魂仍是傳家魂。韻張氏白　守節原是婦人家好事、
只怕激於一時不能彀長久。曹賽英唱
黃鐘宮　降黃龍　萬古貞心。句　磨礪彌堅。讀　節奪松筠。韻
正曲　張氏白　只是枉自苦了。曹賽英唱任　鸞單鳳孤。句　月帳

風帷讀恬澹芳春。韻作背科唱歡欣。韻幽蘭同臭。句我和你天香遙引。韻張氏白眞箇清潔得緊、曹賓英唱合還要傲寒梅冰清霜潔讀洗空殘粉。韻從上場門下張氏起隨撤椅科白這小妮子明欺我是繼母與我恁般違拗、我要你再嫁、並無惡意、竟把我十分扯淡、可惱可惱、張媒婆快來、張媒婆從下場門上白占鳳已傳紅葉信、乘鸞專聽玉簫音、老夫人親事定然從命的了、張氏白可恨這妮子、欺我繼母、執拗不從、你且回去、多多致意公子等我家老爺回來這段親事總在我身上一定攛掇成就便了、張媒婆白　夫人眞箇是好人他道你是繼母所以不肯依允你偏要硬做主張受了財禮許了段家怕他不從麼、張氏白　我意也是如此只怕他執性得緊、張媒婆白　不打緊有箇法兒只叫段公子風風月月的親自來抱他上轎他若粘了公子的手自然一軟如綿了、張氏白　既如此你且回去待我喚賽英的乳母來叫他再去苦勸一番倘然心肯這極妙的了若決意不從、作附耳科白 須要如此如此這般這般、張媒婆作拍手喜科白、 妙待老婢回覆公子、就依計而行便了、張氏白 正是計就月中擒玉兎、張媒婆白 謀成日裏捉金烏、從兩塲門分下

第十七齣　守堅貞剪髮投菴　魚模韻

旦扮曹賽英穿衫從上場門上唱

越調引【金蕉葉】爲何吾母。韻見金夫全將信渝。韻驀忽地婚姻另圖。韻這其間教人怎處。韻中場設椅轉場坐科

白奴家自從早歲許配傅家不幸公婆去世可憐夫壻誠心救母奴家立志守貞繼母不知聽信何人讒言從中設計聞得段家今夜要來硬娶爹爹既不在家傅氏

又無人顧盼左右想來只得剪下頭髮逃出爲尼一則絕段家謀娶之心二則表傳門貞節之行爹爹若是在家你孩兒那有今日兀的不痛殺我也唱

高大石調正曲山蘇客奴眞命苦韻奈父女暌離讀含愁誰訴韻志凜冰霜讀慕高行羅敷韻合寧與韻梵王廝守句豈與狂且爲侶韻場上設桌上設粧臺科曹賽英入桌坐科唱朱顏窺鏡句遠山愁抹讀蟬鬢雲疎韻白繼母逼奴改嫁吾不難以死謝之只是傳郎尚在還望有團

圝之曰唱

他西方救母。韻自有日回家讀鸞凰覓侶。韻白

又一體

只可恨叚家阿唱須早剪青絲讀斷伊癡想根株。韻作

對鏡解髮哭科唱合幾縷。韻鬟雲草草。句都應化晴空

飛絮。韻閒花閒葉。句無粘無滯讀光着頭顱。韻作剪髮

旦科老旦扮乳母穿老旦衣繫包頭從上場門上白自家

曹宅的乳母便是夫人逼小姐改嫁小姐立志不從夫

人又教俺再三苦勸他那裏肯回心轉意好小姐好小

姐待我進房去看看他、作進門科白小姐爲何把頭髮剪下了、場上設椅坐科曹賽英唱

越調正曲　雁過南樓

可憐伶仃影孤。韻恨奸謀强逼奴奴。韻思量峻拒。韻無計可圖。韻只得把青絲斷夜深逃去。韻乳母白你逃到那裏去、曹賽英白乳母、我自幼蒙你撫養成人、只算生母一般、今日還望你指引一條去路、唱合我和你同行路隅。韻凡事仗伊相扶。韻白要覓一所僻靜的尼菴、唱只索超塵境向梵宮香阜。韻乳母白小

姐你既有此意事不宜遲我有一姐姐在靜覺菴中修行離此不遠我就同你逃往菴中暫且躲避等你爹爹回來再作計較曹賽英白多謝乳母各起隨撤椅科乳母與曹賽英繫腰裙作扶出門科仝唱

越調正曲　繡停鍼

急趲程途。韻暗裏東西着意摸。韻心慌意亂還逃路。韻因甚的月影全無。韻曹賽英作閃跌乳母作扶起科仝唱爲甚麼裙兒絆住。韻忽聽得讀人聲驟喧呼。韻合敎人驚恐難移步。韻偏生滑擦露痕濡。韻乳

母白　好了前面竹林中一座茅菴就是我姐姐的靜室了。唱早是鐘鼓聲中天曙。韻作到叩門科白　姐姐開門

老旦扮張鍊師戴仙姑巾穿水田衣繫絲絛帶數珠持拂麈從上場門上唱

仙呂宮正曲　不是路

曙色紗幮。韻　早起何人叩我廬。韻　乳母白　姐姐是妹子。張鍊師白　原來是妹妹待我開門。作開門相見引曹賽英乳母進門科場上設椅各坐科張鍊師白　妹妹爲何清早到此這位小娘子是誰。乳母唱　從

頭語。韻賽英小姐曹門女。韻張鍊師白原來就是曹家小姐、失敬了、只是爲何也到小菴、曹賽英唱其中故。韻謾容乳母分明訴。韻敢借雲窩偶寄居。韻乳母白只爲小姐呵、唱娘言忤。韻不從改嫁潛逃出。韻張鍊師白原來爲此、唱此情眞苦。韻此情眞苦。疊白難得小姐這樣貞節、令人起敬、旣不嫌草菴荒陋、竟自放心住下、只是褻慢得緊、各起隨撤椅科曹賽英白擾動不安、何言褻慢、乳母白喜得今朝脫網羅、張鍊師白茅菴何幸貴人

過、曹賓英白迯津願借慈航引、乳母張鍊師白會有天孫夜渡河、全從下場門下

第十八齣　巡邊徼鳴鐃振旅　歌戈韻

雜扮八將官各戴將巾穿蟒箭袖排穗執旗雜扮二中軍各戴中軍帽穿中軍鎧雜扮徐祥許茂各戴鷹翎帽穿箭袖繫縧帶引外扮曹獻忠戴紗帽穿蟒束玉帶從上場門上唱

中呂宮引【粉蝶兒】載戢干戈。韻邊塞德威遙播。韻歎星霜滿鬢婆娑。韻無能爲讀臣老矣。句壯志消磨。韻小生扮曹

文兆戴小頁巾穿蟒箭袖排穗佩劍從上場門上唱望

旌旗招颭柳營左箇韻曹獻忠白掌握兵機已數秋那堪蒼皓已盈頭惟有寸心能報國不知歲月去如流下官兵部尚書曹獻忠奉旨親詣邊疆犒賞軍功諸事已畢今日還朝復命李令公亦不久奏凱班師我兒邊境安寧太平有象曹文兆虛白科中軍白啓爺各營將領俱已候齊曹獻忠白衆將官就此起馬雜扮二馬夫各戴馬夫巾穿箭袖卒褂牽馬雜扮傘夫戴馬夫巾穿箭

袖卒褂執傘全從上場門上曹獻忠曹文兆各作乘馬科衆遶場科全唱

中呂宮正曲 好事近 砥柱壯山河。韻 永斷疆場烽火。韻 錦袍千領。句有誰人得了金鎖。韻 安邊功業。句 畫凌烟。讀 褒鄂渾開可。韻合 統貔貅奏捷回朝。句 敲金鐙凱歌聲和。韻

又一體 關山。句 輕騎一飛過。韻鼓 淵淵朱鷺聲和。韻 忘家久矣。句笑 客來佳詩稱賀。韻 風清紫塞。句 喜從今讀

休枕琱戈卧。韻合統貔貅奏捷回朝。句敲金鐙凱歌聲和。韻

慶餘

三軍挾纊都稱賀。韻遠戍沙場安妥。韻一任他白髮生斑歲月梭。韻全從下場門下

第十九齣　枉安排段壻心顛　蕭豪韻

副扮段公子戴巾穿道袍從上場門上唱

雙調正曲　普賢歌

芳郊曾見那多嬌。韻　頓使區區魂暗銷。韻
欲圖鸞鳳交。韻　思將琴瑟調。韻合　盼不到佳音心內焦。韻

中塲設椅轉塲坐科白　早間命張媒婆往曹府去說親等到此時了怎麼還不見來回報好不性急尚有一說隱隱聞得那小姐已受過聘的了萬一推辭不允這

便怎麼樣處不相干重賞之下必有勇夫我已許張媒婆重重的謝禮他自然竭力去說的　丑扮張媒婆穿老旦衣繫包頭從上場門上唱

又一體　媒婆惟我最稱高韻巧語花言慣弄喬韻男家也見招韻　女家也見邀韻合　終日裏奔波忙不了韻段公子白　這張媒婆好不會幹事　張媒婆作進門科白　大爺我怎麼不會幹事　段公子起科白　我正在此盼望你恰好來了我且問你所說親事想來一定是應允的了

張媒婆白　恭喜大爺、那曹夫人一聞大爺之名、說是郎才女貌、況且兩家門戶相當、是極美之事、一口應承、隨大爺這裏早便早娶、晚便晚娶、段公子作喜科白　那曹夫人說郎才女貌、門戶相當、竟一口應允了、張媒婆虛白科段公子白　郎才女貌這句話、說得果然不錯、張媒婆白　只是尚有一件小事、段公子白　尚有何事、張媒婆白　那位小姐性情、小有偏執、到臨期萬一有些勉强、曹夫人說、只用着一箇字、段公子白　用那一箇字、張媒婆白哪搶、段公子虛白科張媒婆白正是搶了到家生米已成熟飯、那就不怕他了、段公子白我的才貌素著、那小姐自然也是仰慕的、有什麽不肯、何用着搶、但是明日是黃道吉期、我就要娶過來了、今日須得下聘纔好、院子書童快來、雜扮院子戴羅帽穿屯絹道袍繫鑾帶丑扮書童戴網巾穿道袍繫鑾帶從兩場門分上段公子白快去置辦金珠首飾綾羅緞疋、各樣俱要豐盛、快快行聘過去、院子白各項置辦起來、只怕來不及、段公

子白　狗才、你說來不及、難道倒改了好日不成、張媒婆
白　大爺、我倒有箇粗主意在此、段公子白　什麼主意、張
媒婆白　竟一應乾折了罷、段公子白　好、好一箇乾折官
宦人家行事少也不像樣、竟是一千兩聘金、院子快開
了庫房兌足一千兩細絲紋銀同張娘娘送了去、說我
大爺明日來親迎、院子應科虛白向下取銀隨上段公
子白　你到那邊、見了曹夫人、如今是我大爺的岳母了、
要下全禮的、院子白　張娘娘隨我來、張媒婆應科隨院

子仝從下場門下段公子白　聘是行去了明日就要娶親了好快活還有一件要緊事那六局還不曾喚下書童快去喚六局來待我親自吩咐他們一番快些說我大爺在此立等　書童白　大爺這些人都住在府門左近聞呼即至的　段公子白　如此最好快些去　書童應作出門科從上場門下段公子白　我好快活那曉得這頭親事一說就成又肯許我即日就娶我那岳母太太好知趣　書童引雜扮二摯開四樂人四燈夫各戴紅氈帽穿

窄袖繫搭包老旦扮喜娘穿老旦衣披披紅淨扮儐相戴
巾簪花穿藍衫繫儒絛披紅雜扮二轎夫各戴紅氊帽
穿窄袖轎夫衣從上場門上仝白六局行中生意由來
好日皆同、安得分身法子、家家總不落空、作到科書童
作引六局人進門科書童白六局喚到了、六局人白大
爺、我們這裏見禮、段公子白罷了罷了、六局人白大爺
呼喚我等、想是有甚麼喜事、段公子白我大爺明日要
娶曹府小姐、是件天大的喜事、六局人白府中凡有喜

事、都是我們効勞的、明日早來伺候就是了、段公子白
你們都齊在這裏了麽、六局人白　都在這裏、段公子白
站齊了、待我逐項吩咐、擡轎的、唱
仙呂宮正曲　皂羅袍　擡穩描金花轎。韻白　喜娘、唱　要輕柔軟
款、讀　扶好嬌嬈。韻白　放流星爆⿰火章的、唱　要似春雷般爆
竹響聲高。韻白　燈夫、唱　要比繁星樣　列炬光華耀。韻白
樂人們、唱合　悠揚曲韻、句　鸞笙鳳簫。韻白　掌禮司務、唱
清新詩賦。句　金聲玉敲。韻　椿椿要用意須知道。韻六局

八白 這些事情我們都是在行的、自然是周到的、不勞
大爺吩咐、只是一件、段公子盧白科六局八唱

又一體

公子五陵年少韻 娶盈門百兩讀 宦室多嬌韻
兩家門戶一般高韻 兩邊富貴皆不小韻合 大家禮數
句 難教潦草韻 名門氣象句 應當富豪韻 椿椿賞賜要
多錢鈔韻 段公子白 你們若與我講論賞賜就小氣了、
只要我大爺快活、正項之外、自然重重賞賜你們就是
了、儐相白 大爺的出手、你我都是知道的、何用說得、衆

全白　既是這等、不用說了、我們且去、明日早來伺候、段公子白　住着我在這裏想、你們今晚何不就住在這裏罷、六局人白　不用、明日早來伺候、再不悮事的、段公子白　既是這樣、早些來屏開金孔雀、衆白　褥隱繡芙蓉、段公子白　門闌多喜氣、衆白　女壻近乘龍、從兩場門各分下

第二十齣

喬粧扮張媒拳閧　古風韻

小旦扮曹夫人穿氅從上場門上白

只因一着錯、滿盤都是空、不想那箇不爭氣的女兒看見叚府送了聘來、啼啼哭哭、執意不從、與他乳母竟不知逃到那裏去了、今日叚府來娶親、却把那箇嫁去非但這箇、後日老爺回來問起前情、教我如何抵對、這都是張媒婆那老賤人、只管在此攛掇、我一時沒了主意、所以如此如今怎樣好、丑扮張媒婆穿老旦衣繫包頭從上場門上白　姻緣本是前生定會向蟠桃會裏來、作進門相見科白　夫人恭喜賀喜、曹夫人白　有什麼喜、張媒婆白　小姐今日出閣豈非喜事、曹夫人白　還要提他怎麼、唱

雙調集曲孝南兒首至七孝順歌　閨娃　抱貞節。句羞言　移二天。韻張媒婆白　重婚再醮也是常事、曹夫人唱　琵琶怎生過別船。韻張媒婆白　小姐的意思畢竟怎麼樣、曹夫人唱　他

曾誦柏舟篇。韻匪石心難轉。韻張媒婆白聘已受過、今日就要來迎娶了、這話說也無益、曹夫人白還要說什麼迎娶我那女兒呵、唱通宵淚漣。韻不知、逃向何方、讀形踪悄然。韻使我憂疑。句中心似煎。韻張媒婆白不信有這樣事、曹夫人白難道我哄你麼、張媒婆白果然有這樣事、今日叚府來娶親、怎麼樣、曹夫人白都是你到此花言巧語、以致釀成此禍、我如今只是箇不管、唱江兒水六至末恨你如簧言煽。韻合致使今朝。句骨肉翻成讐

怨。韻從下場門下張媒婆白好的你不管教那個管我
也給他箇不管不好那叚公子用去千金聘禮豈肯干
休與詞涉訟起來兩家官官相護就苦了我媒人了這
便怎麼樣處有了我如今去向曹夫人說知借他衣飾
待我粧作小姐假充過去哄過一時再做道理有理竟
是這樣只是我這樣年紀了還要去做新人你們不要
笑我阿婆三五少年時也曾抹粉與塗脂而今丰韻猶
然在尚堪引動蠢男兒發諢從下場門下雜扮二一孥開

四樂人各戴紅氊帽穿窄袖繫搭包持樂器雜扮四燈夫各戴紅氊帽穿窄袖繫搭包持燈籠火把淨扮儐相戴儐相帽穿藍衫披紅老旦扮喜娘穿老旦衣披紅雜扮二轎夫各戴紅氊帽穿窄袖轎夫衣擡轎科雜扮四院子各戴羅帽穿道袍引副扮段公子戴巾穿道袍簪花披紅從上場門上衆全唱

南呂宮正曲　香柳娘

喜三星在天。韻喜三星在天。疊深閨嬌媛。韻心知今夕良人見。韻看新郎正少年。韻看新郎正少年。疊綵服偎翩翩。韻風流應獨擅。韻合娶豪門麗娟。韻娶豪門麗娟。疊一對神仙。韻共成姻眷。韻作到科儐相作叩門科白　段大爺到此娶親、張媒婆從下場門作潛上虛白發諢科隨作開門科白　大爺恭喜賀喜、段公子白　張娘娘、你看我大爺可像箇新郎、張媒婆白　像位新郎、段公子白　小姐梳粧完了沒有、張媒婆白　正在那裏梳粧、喜娘白　旣是這等待老身進去伏侍、張媒婆白　不用、那位小姐性情古怪、一箇外人不肯見的、只待少

時兜上了頭、扶他上轎就是了、請大爺再打靑龍頭上
轉轉、作進門科隨從下場門下段公子白掌禮司務、快
請新人、儐相作照常讚禮隨意發諢科張媒婆穿艷服
搭蓋頭從下場門上喜娘作扶上轎科段公子作上馬
科衆作奏樂遶場科仝唱

又一體

擺花燈萬盞。叶 擺花燈萬盞。疊 光華一片。韻要
隔 蓮輿照徹芙蓉面。韻 聽笙歌鬧喧。韻 聽笙歌鬧喧。疊
似 廣樂奏鈞天。韻引 嫦娥離月殿。韻合 想福分非淺。韻

想福分非淺疊　這樣姻緣韻　誰不欽羨韻作到科雜扮
四梅香各穿衫背心繫汗巾全從下場門上作伏侍段
公子張媒婆拜天地科儐相白　紅絲牽巾送入洞房作
送入洞房科段公子白　各項人役都到外廂領賞止留
掌禮司務在此挑方巾眾應科全從上場門下儐相白
一幅紅綾帕價重雙南金筵前輕揭起露出活觀音作
揭巾科段公子見張媒婆科白　你是張媒婆張媒婆白
虧你好眼力段公子白　我費了千金聘禮要娶的是曹

小姐要你這老東西做什麼、張媒婆白　實告訴你罷、那小姐守節不從不知逃往何處去了、今日恐掃了你的興、所以老太婆親身下降和你睡覺去罷、段公子白　放屁、吩咐關上了大門、打死這老賤人、張媒婆白　小畜生、不要破口、若說要打、撓着了我的癱筋、憑你長拳短打、總不懼你、各隨意發諢作相打科儐相作勸解科段公子白　今日先打了、明日還要告你、張媒婆白　你告我什麼、段公子唱

南呂宮正曲 貨郎兒

我告你局騙千金財禮。韻張媒婆白你會告老娘也會告的、段公子白你告我什麽、張媒婆唱我告你。强把貞姬威逼。韻段公子唱躭誤我不得與仙子諧連理。韻張媒婆唱逼得他斷青絲把花容盡毁。韻段公子唱合花容毁。格花容毁。格這謊言、讀那箇聽你。韻儐相唱我勸你。格我勸你。格勸你夫和婦讀須當和美。韻段公子白若說夫婦二字、氣死我也、打死這老賤人、張媒婆白小畜生那箇怕你、儐相作勸解科段公子

從下場門下儐相張媒婆隨意發諢科仝從上場門下

第二十一齣 歸地府眼前報應 古風韻

酆都門上換碓磨地獄匾雜扮牛頭馬面各戴套頭穿
門神鎧持叉雜扮八扛刑具鬼各戴鬼髮穿箭袖繫肚
囊雜扮八鬼卒各戴鬼髮穿蟒箭袖虎皮卒褂持器械
雜扮八動刑鬼各戴監髮額穿劉唐衣繫肚囊雜扮八
侍從鬼各穿戴碓磨地獄鬼衣雜扮二判官各戴判官
帽穿圓領束角帶持筆簿雜扮金童戴紫金冠穿氅繫

絲縧執旛雜扮玉女戴過梁額仙姑巾穿氅繫絲縧執旛引雜扮第二殿閻君戴閻君套頭穿閻君衣襲氅軟紮扮從酆都門上唱

南呂宮正曲　紅衲襖　掌陰司生殺權。韻　審陽間賢共奸。叶　生前誰惡誰爲善。韻　白白明明在案前。韻　爲善的昇九天。韻　爲惡的滯九泉。韻　求無陰府愆訧。句　也。格　須在陽間種福田。韻　場上設平臺虎皮椅轉場陞座衆鬼判各分侍科八扛刑具鬼向下扛碓磨隨上設場上科閻君白下有黃泉上有天、天人俯仰法無偏、要知有罪和無罪、只在人賢與不賢、吾神二殿楚江王是也、職掌二殿碓磨地獄、惡犯到此、按罪施行、鬼卒、若有前殿惡鬼解到、即便通報、衆鬼卒應科雜扮五長解鬼各戴鬼髮額穿蟒箭袖虎皮卒褂繫虎皮裙持器械帶旦扮劉氏魂穿破補衫繫腰裙從右旁門上作到科長解都鬼白 門上那位在、一鬼卒作出門問科長解都鬼白 犯婦劉氏解到了、鬼卒虛白作進門禀科閻君白 帶進來、鬼卒作出門引五長解鬼帶劉氏魂進門跪科長解都鬼跪呈公文科白啓閻君、犯鬼到、閻君作看公文科白一名犯婦傳門劉氏、殺生害命、故違誓願、惡業多端、其實可惡、劉氏魂白爺爺容訴、唱

仙呂宮正曲　桂枝香　天生萬類韻　惟人獨貴韻　須當享用肥甘句　爲甚反加刑罪韻　況我　夫君子息韻　夫君子息疊　也曾把　貧窮周濟韻　善功不替韻合　望詳推韻　當權若不行方便句　如入　寶山空手回韻　閻君唱

又一體

伊對天發誓。韻神司詳記。韻如何暗地開葷。句一旦把盟言違背。韻白鬼卒、與我着實的打、衆鬼卒應科閻君唱考伊素履。韻考伊素履。疊犯彌天大罪。韻要重泉永滯。韻合到今日。韻臨崖勒馬收韁晚。句船到江心補漏遲。韻白本當以碓舂爲虀粉、但他誓中有受重重地獄之苦、冥府差鬼快將劉氏解往三殿去、一判官付公文科長解都鬼接公文帶劉氏䰟作出門科從左旁門下生扮目連戴僧帽穿水田僧衣繫絲縧帶數珠

持錫杖從右旁門上唱

中呂宮正曲　駐雲飛　爲母奔馳。韻從一殿跟尋二殿裏。韻風景非人世。韻見碓磨森嚴置。韻嗏。格以錫杖卓地科白唵嘛呢薩婆訶、一判官作出門科白什麼東西震天震地禪僧何來、目連白我乃西天目連僧到此尋母、判官白你母親姓甚名誰、目連唱我母傅門劉氏的。韻爲只爲干犯天威。韻罰在陰司。讀伏望施恩惠。韻滾白賜我娘兒重相會、判官白傅門劉氏方纔解往三殿去了、目連滾白、天我到一殿、娘解二殿、今來到此、娘又解往前途、唱合這的是　母子緣慳處處違。韻　仰面瞻天血淚垂。韻從左旁門下雜扮解鬼戴鬼髮額穿蟒箭袖虎皮卒褂繫虎皮裙帶副扮李文道魂戴氈帽穿喜鵲衣繫腰裙末扮黃彥貴魂戴巾穿道袍從右旁門上作進門跪科解鬼呈公文科白　鬼犯帶到、閻君白　一名鬼犯李文道、圖財害命、將黃彥貴在五道廟中、用毒藥藥死、黃彥貴魂白　爺爺、小人被李文道謀死、取去財物、求爺爺伸究理枉、李文道魂白 爺爺、他是風寒、病死的、如何賴我藥死他、黃彥貴魂白 現有五道神作證、閻君白 鬼卒、速請五道神來對證、一鬼卒向下請科雜扮五道神戴卒盔穿門神鎧佩劍從右旁門上作相見科白 閻君相召、有何見諭、閻君起科白 尊神請了、那黃彥貴告李文道在尊神廟中用藥謀死他、請問尊神可曾見否、五道神白 那黃彥貴、實是李文道用毒藥謀死的、閻君白 既如此、尊神請回、五道神仍從右旁門下閻君白 將黃彥貴

批到十殿轉生陽世、永享富貴以彰報應、解冤應科帶

黃彥貴作出門科從左旁門下閻君唱

仙呂宮正曲　桂枝香　爲人在世。韻　須存天理。韻　各宜本分營生。句　豈可損人利己。韻　這窮酸餓鬼。韻　這窮酸餓鬼。疊　窮斯濫矣。韻　把人心瞞昧。韻　合可將伊。韻　萬觔銅磨磨成粉。句　骨肉須教化作泥。韻

衆動刑鬼作簇李文道魂至磨前科李文道魂作驚怕科唱

商調正曲　黃鶯兒　見殿主發雷霆。韻　將我試極刑不暫停。韻

形消骨化在須臾頃。韻虀粉立成。韻此寸磔苦增。韻歎身遭慘酷皆前定。韻衆動刑鬼作簇李文道魂瞎從地井下隨捉李文道替身切末上作入磨磨科衆仝唱合

勸人生。韻當行孝善。句報應豈容情。韻雜扮二解鬼各戴鬼髮額穿蟒箭袖虎皮卒褂繫虎皮裙帶生扮董知白魂穿道袍丑扮莫可交魂戴氈帽穿喜鵲衣繫腰裙從右旁門上一解鬼作進門科白

稟上閻君今帶取二名鬼犯、一名董知白、一名莫可交他二人互相告理皆

爲性命相關各喪其身特此帶來以憑究治定罪施行

閻君白 快帶這二犯上來 解鬼作出門仝帶二鬼犯進門跪科白 二鬼犯當面 閻君白 你這兩箇鬼犯在生不安本分俱係淫邪姦惡致傷人命關係非輕定須從實招來如若一字支吾鬼使可與我着實的打 衆鬼卒應科董知白魂白 爺爺念董知白與莫可交原係舊時相識因他投在反叛朱泚麾下効力後因事敗流落異鄉是我念舊收留他居住誰想他頓起不良之心 唱

商調集曲御林鶯簇御林（御林鶯首至四）他犯淫邪事。叶把朋友欺。韻怕露形踪又將惡念起。韻他行兇立把三人斃。韻白他殺了人、放了火、逃走遠方、却遺累於我、問成抵償之罪、屈陷身亡的、閻君白莫可交、據董知白告你行姦殺害、你却怎麼講、莫可交䰟白爺爺、那裏聽得他一面之詞、那董知白昔年曾受我大恩惠過的、就留我居住、亦不足於補報、豈料田希監的夫人交一女子與他、他頓起邪心、思欲淫汚、奈此女堅執不從、董知白因行姦不遂、行兇

殺死、唱黃鶯兒四至末 恐妻孥漏機。韻將情蹤露遺。韻便一
齊斷送做絕情義。韻閻君白可惱、唱合聽因依。韻兇徒
奸詐。句逞弄嘴唇皮。韻莫可交魂白求爺爺明彰報應、
閻君白這椿罪案與莫可交無干、俱係董知白揑虛誆
告、衆鬼使可將董知白即行碓搗正法便了、衆動刑鬼
應科作捉董知白魂上碓臼科董知白魂白爺爺、極天
寃枉、衆動刑鬼唱
黃鐘宮滴溜子 恨奸頑。句恨奸頑。疊難容寬擬。韻赴碓
正曲

搗。句　赴碓搗。疊　傷殘軀體。韻　衆動刑鬼作將董知白魂下碓臼董知白魂胸前忽現蓮花科閻君白　阿呀、好生奇怪這董知白胸前忽現出金蓮光華五彩原來是箇善人快快好生將董知白放出碓臼來、衆動刑鬼應科作將董知白放起科閻君白　快將董知白送至十殿使他來世仍做武官三男二女永享長年便了、二解鬼應科帶董知白魂作出門科從左旁門下閻君白　快把莫可交這利口兇奴帶過來莫可交我一時悞聽你的虛言險些害了善良衆鬼卒。唱將碓搗。讀把他爲例。韻合恨伶牙俐口徒。句克殘乖戾。韻須信果報因緣。讀善惡道理。韻衆動刑鬼作簇莫可交魂至碓前科莫可交魂作見碓驚怕科唱

商調正曲 黃鶯兒

瞥見膽魂驚。韻業身軀遭極刑。韻須臾肢體無完整。韻難禁痛疼。韻骨肉碎零。韻三魂渺渺無踪影。韻衆動刑鬼作簇莫可交魂暗從地井下隨捉莫可交替身切末上作入碓舂科衆全唱合勸人生。韻當行

孝善。句　報應豈容情。韻　八扛刑具鬼隨撤碓磨從兩塲門分下閻君下座科衆全唱

仙呂宮　正曲　皂羅袍

堪恨邪淫諂佞。韻　慣瞞心昧已。讀　任意胡行。韻　把綱常倫理一時傾。韻　忘廉喪恥圖僥倖。韻合　命終身後。句　到我森羅殿庭。韻　善緣惡報。句　賞罰最明。韻　果是無私鐵面多中正。韻　衆鬼判擁護閻君全從鄷都門下

第二十二齣　聚禪林意外淒涼　齊微韻

雜扮八將卒各戴將巾穿蟒箭袖排穗執標鎗雜扮二馬夫各戴馬夫巾穿蟒箭袖卒褂牽馬引外扮曹獻忠戴紗帽穿蟒束玉帶騎馬小生扮曹文兆戴武生巾穿蟒箭袖排穗佩劍騎馬雜扮徐祥許茂各戴鷹翎帽穿箭袖卒褂雜扮傘夫戴馬夫巾穿箭袖卒褂執傘隨從上場門上曹獻忠唱

正宮破陣子引 賞卹披堅士卒。句 歡聲鼓動邊陲。韻 白 我兒前面是靜覺菴、你可先領家將回去報知母親妹子、我在菴中拜訪張鍊師、隨後到家便了、曹文兆應科卒四將卒徐祥許茂一馬夫仝從下場門下曹獻忠唱 按鑾歸來春正好。句 且自從容訪鍊師。叶 浮生閒片時。叶 作到下馬科一將卒作通報科曹獻忠白 衆人外廂伺候、衆應科仝從上場門下老旦扮張鍊師戴仙姑巾穿水田衣繫絲絛帶數珠持拂塵從上場門上唱

又一體

素室烟清篆裊。句 當年亦畫蛾眉。韻 忽聽高軒窺竹塢。句作開門科白 原來是老大人、唱 忙學山翁倒接䍦。韻 茶瓜留客遲。韻白 不知駕臨、有失迎迓、曹獻忠白 好說、昔承教示、余心不忘、特造寶山、再祈親誨、張錬師白 大人在上、老尼正有一事稟知、曹獻忠白 有何事、請道其詳、場上設椅各坐科張錬師唱

正宮正曲 雙鸂鶒

請台坐容告啓。韻 別來時蕭牆禍至。叶 曹獻忠作驚科白 有甚蕭牆之禍、張錬師白 令壻傅郎竟

往西天見佛、一去不回。唱不知為甚的乘龍貴壻讀向西天遊戲。韻白被張媒賺夫人呵、唱他逼小姐讀欲令他別諧連理。韻曹獻忠白有這等事、我孩兒便怎麽、張鍊師唱合因此上剪青絲來託空門裏。韻曹獻忠唱

又一體

聞言罷氣難支。叶似這般顛倒綱維。韻白我想傅郎就往西天、也不該把女兒另嫁、唱怎生拆鴛侶漾却甜桃、讀却去尋苦李。韻致我兒、讀學截髮捨身蕭寺。叶合不由人怒塡胸生裂開雙眥。叶張鍊師白令愛志

欲出家所以相同奶娘已到小菴居住、曹獻忠白 小女果然在此、張鍊師虛白科各起隨撤椅科曹獻忠白 喚來相見、張鍊師向下喚科旦扮曹賽英穿衫從下場門上白 我爹爹在那裏、作相見各哭科曹獻忠唱

正宮集曲 鴈來紅（鴈過沙首至五） 你何須忒恁悲。韻 這根由我盡知。韻 不賢達娘親偏聽人搬弄。句 翻敎你披剃來歸此。叶 是我命乖葬送兒。叶（紅娘子合至末） 平白地。韻 風波頓起。韻 父和女成抛棄。韻 曹賽英唱

又一體

纔提起淚漣洏（叶）自思量恨數奇（韻）想當初檀郎不訪阿蘭若（句）爹行若不領皇華使（叶）怎得野蜂窺蕊枝（叶合）平白地（韻）風波頓起（韻）父和女成拋棄（韻）

曹獻忠白　鍊師我今就此告辭帶了小姐一同回去

曹賓英白　常言烈女不嫁二夫君子愛人以德孩兒旣除鳳髻付與金刀肯把蓮心再投業海望大人割不忍之恩使孩兒遂已灰之念

曹獻忠白　出家雖全節義暫且從容聽候傳郎信息出家未遲此時且隨我回去

曹賓英

作跪科白 爹爹、孩兒立志已定、豈肯回心、況有乳娘、朝夕陪伴、爹爹不必掛念、曹獻忠白 奶娘如何不見、曹賽英白 今日有事出門、尚未回來、曹獻忠白 我見你立志既堅、又有奶娘伏侍、在此做鍊師亦可、你可近前來拜了師傅、張鍊師白 還是先拜大人、曹賽英作拜曹獻忠科唱

正宮正曲 普天樂 一顆珠掌珍貴。韻 捨掌上歸蓮髻。韻 拜張鍊師科唱 和南父五體投師。叶 曹獻忠白 指望你做宦

室夫妻、那裏知道你做佛門弟子、曹賽英唱論施聾作婦不如祝髮爲尼。韻合豈不聞禪門二美。韻那拈花善慧讀長配瞿夷。韻曹獻忠白教我如何割捨得你下、唱人生在世都有拋離日。韻張錬師唱老大人謾傷悲。韻曹獻忠作出門科唱斷送黃花女做比邱尼。韻張錬師曹賽英全從下場門下衆將卒馬夫傘夫仍全從上場門上曹獻忠作乘馬科衆喝道遶場科全從下場門下

第二十三齣　愛河沉溺浩無邊　古風韻

酆都門上換血湖地獄匾雜扮牛頭馬面各戴套頭穿門神鎧持叉雜扮八扛刑具鬼各戴鬼髮穿箭袖繫肚囊雜扮八鬼卒各戴鬼髮穿蟒箭袖虎皮卒褂持器械雜扮八動刑鬼各戴監髮額穿劉唐衣繫肚囊雜扮八侍從鬼各穿戴血湖地獄鬼衣雜扮二判官各戴判官帽穿圓領束角帶持筆簿雜扮金童戴紫金冠穿氅繫

絲縧執旛雜扮玉女戴過梁額仙姑巾穿氅繫絲縧執旛引雜扮第三殿閻君戴閻君套頭穿閻君衣襲氅軟紮扮從酆都門上唱

黃鐘宮引　西地錦　陽世或多踈縱。韻　陰司曾不寬容。韻　重重地獄幾時空。韻　無奈衆生業重。韻　場上設平臺虎皮椅轉場陞座衆鬼判各分侍科場上設血湖切末科八扛刑具鬼從兩場門分下扛鐵牀血缸隨上設場上科閻君白　骨化形銷有鐵牀血湖醒穢苦難當兩般水火無情物作惡之人合受殃俺乃第三殿掌管血湖鐵牀地獄洞明普靜神君宋帝王是也秉性正直判斷無私凡有各處解來鬼犯論其罪業或受鐵牀上火炙其脂膏或是血湖中水淹其骸骨即行發落以彰果報勸化世人休造業須知水火不容情 雜扮解鬼戴鬼髮額穿蟒箭袖虎皮卒褂繫虎皮裙帶雜扮錢氏魂穿衫從右旁門上白 忤逆公婆太不賢而今追悔也徒然欲將長舌强分辯無那高高業鏡懸 作到科解鬼白 門上那位在

鬼卒作出門問科解鬼白　二殿閻君解到忤逆女鬼犯一名錢氏乙秀在此　鬼卒虛白作進門稟科閻君白　帶進來　鬼卒作出門引解鬼帶錢氏魂作進門跪科解鬼跪呈公文科閻君作看公文科白　一名犯婦錢氏乙秀生前不孝打婆罵公可惱人家的公婆娶房媳婦費盡心機爲媳婦者須當孝順公婆纔是道理你爲何私做飲食自家受用倒使公婆躭饑受餓身穿好衣不顧公婆寒冷汝還不知追悔反逞長舌忤逆公婆這是怎

麼說、錢氏魂白 爺爺、非干小婦人之事、我的衣食俱是娘家帶來的、與公婆無干、所以不與他喫、不與他穿、公婆反來罵我、所以打了婆婆一下、罵了公公幾句、我也不敢不認、閻君白 你這惡婦、還要强辯、我這裏有鐵牀火熖、專報你生前逞勢作威、凌虐公婆之罪、鬼卒將錢氏叉上鐵牀者、解鬼作出門科從左旁門下衆動刑鬼作捉錢氏魂上鐵牀科衆全唱

中呂宮 縷縷金

正曲 騰烈熖。句 鐵牀紅。韻 謾言炮烙慘。句 苦

相同。韻伊作惡身遭斃。句情深罪重。韻業身軀俄頃盡銷鎔。韻合一靈枉悲慟。韻一靈枉悲慟。疊雜扮五長解鬼各戴鬼髮額穿蟒箭袖虎皮卒褂繫虎皮裙持器械帶旦扮劉氏魂穿破補衫繫腰裙從右旁門上唱

中呂調套曲　粉蝶兒　迴憶生前。韻俺這裏迴憶生前。疊論早年間也曾向善。韻都則爲一念差誤聽讒言。韻由不得把誓盟違。句齋戒破。句轉關兒心腸改變。韻也只道幽獨事瞞得過龍天。韻那曉得陰司裏。一樁樁記明案件。

韻長解都鬼白　來此已是三殿閻君殿前了。門上那位在。一鬼卒作出門問科長解都鬼白　解到惡犯劉氏在此。鬼卒虛白作進門禀科閻君白　帶進來。鬼卒作出門引五長解鬼帶劉氏魂作進門跪科長解都鬼跪呈公文科閻君作看公文科白　劉氏。聞你惡名久矣今日也來了麽。劉氏魂白　爺爺。犯婦一路而來受苦極矣。望爺爺慈悲。閻君白　你且休悲。俺這裏有一種刑法乃是血湖池。報你生前血水穢汚三光之罪。鬼卒將他推入血

湖中去、衆動刑鬼應科作捉劉氏魂入血湖科劉氏魂
唱
中呂調套曲　醉春風　在生時多業寃。韻到死後空悲怨。韻正
不知那陰司地獄有幾多重。句一處兒也不能彀赦免。
韻免。疊白　我想世上造惡之人到陰司之中都要受此
罪業的好不苦楚也、唱聞不得這血氣腥臊。句禁不起
這血流汚穢。句測不出這血湖深淺。韻閻君白　這婦人
倒也會講話、放他上來待我問他、衆動刑鬼應科作扶

劉氏魂出血湖科閻君白 那婦人世上的人都是要生男育女的若都是這樣怕起苦楚來這男女的種難道倒絶了不成麽 劉氏魂白 禀上閻君世人受父母生育之恩不知報答待犯婦將生男育女的苦楚宣說一番正可喚醒世人孝念 閻君白 也罷你且從頭說來說得是免你罪過說得不是這三缸血水都要你喫 劉氏魂白 爺爺聽禀 唱

中呂調套曲 石榴花 若提起那養兒育女苦難言 韻 爲母的

艱辛有萬千。韻自從那懷孕起便受憂煎。韻看看的十月臨。句好容易無災無害剛分娩。韻還恐怕血光腥臭上衝天。韻白自生產之後、唱晨昏裏勤勞保護心無倦。韻這的是乳哺有三年。韻衆鬼判作悲泣科劉氏魂唱

中呂調鬪鵪鶉套曲

兒但得身體安然。韻父母的歡情不淺。韻兒倘是疾病淹纏。韻父母的愁眉莫展。韻喜則喜依人。纔學步。句愁則愁指物未能言。韻惟恐是愚魯癡頑。句滿望着聰明智辨。韻

中呂調 上小樓 套曲

費盡了提攜顧復。句心機一片。韻巴得箇長大成人。句昂藏七尺。句親心懽忭。韻可知道父母恩深。句昊天罔極。句孝思當展。韻好寄語向着那世人奉勸。韻

閻君白不要說了、說得忒苦楚、鬼卒快快將衣服與他換了汚衣、冥府長解帶往四殿去罷、一判官付公文長解都鬼接科一鬼卒向下取衣隨上與劉氏魂作換衣科劉氏魂作拜謝科唱

煞尾 感閻君讀遽肯行方便。韻赦宥咱讀生前多罪愆。

韻尚慮着一殿殿讀冥府的極刑多。句有那説不出口的憂愁讀也只好在心兒裏轉。韻五長解鬼帶劉氏魂作出門科從左旁門下閻君下座科衆鬼判擁護仍仝從酆都門下生扮目連戴僧帽穿水田僧衣繫絲縧帶數珠持錫杖從右旁門上白 來此已是三殿、只見血湖鐵牀、好傷感人也、以錫杖卓地科白 唵嘛呢薩婆訶、一判官從酆都門上白 原來是位禪師、那裏來的、目連白 我乃西天目連僧是也、判官白 到此何幹、目連白 因尋母到此、判官白　禪師、你母是何姓名、目連白　我母傳門劉氏、判官白　令堂解往前殿去了、目連虛白作哭科判官白　奉勸高僧莫慘傷、目連白　尋來三殿未逢娘、判官白　須知終有相逢日、目連白　只得追隨往那方、判官仍從酆都門下目連從左旁門下

勸善金科第八本卷下

第二十四齣 劍樹峻嶒森有象 蕭豪韻

酆都門上換刀山地獄匾雜扮牛頭馬面各戴套頭穿門神鎧持叉雜扮八扛刑具鬼各戴鬼髮穿箭袖繫肚囊雜扮八鬼卒各戴鬼髮穿蟒箭袖虎皮卒褂持器械雜扮八動刑鬼各戴竪髮額穿劉唐衣繫肚囊雜扮八侍從鬼各穿戴刀山地獄鬼衣雜扮四曹官各戴紮紅幞頭穿圓領束金帶雜扮二判官各戴判官帽穿圓領

束角帶持筆簿雜扮金童戴紫金冠穿氅繫絲絛執旛雜扮玉女戴過梁額仙姑巾穿氅繫絲絛執旛引雜扮第四殿閻君戴閻君套頭穿閻君衣襲氅軟紥扮從鄷都門上唱

黃鐘調 合曲

北醉花陰 果報由來自分曉韻人世上又何須猜料韻俺這裏懸業鏡晰秋毫韻照徹了善惡昭昭韻歎衆生枉自施奸狡韻造下的罪業總難逃韻到得恁數盡身亡句一樁樁要消繳韻場上設平臺虎皮椅轉

塲陞座衆鬼判各分侍科後塲設烟雲帳幔隱設刀山

科閻君白 陰曹地獄實堪哀盡屬衆生心想來安得法霖一遍灑刀山劍樹化蓮臺吾乃四殿閻君是也掌陰司之權衡隨人心以報應鐵面無私鏡臺有赫吩咐曹官今日將造惡衆生着實用刑一番以警愚癡 一曹官白 已帶各犯齊了還有新鬼一名朱紱是本殿值日收來的尚未審明來歷 閻君白 如此先帶上來 衆鬼卒向下喚科雜扮解鬼戴鬼髮額穿蟒箭袖虎皮卒褂繫虎

皮裙帶外扮朱紱魂戴巾穿道袍從右旁門上作進門跪科解鬼白朱紱帶到、閻君白查他在生罪惡、一曹官作查簿科白朱紱在生曾任隴州司馬、一生無甚過惡、避難流離、死在王舍城中、其子朱紫貴賣身葬父、孝行可嘉、閻君白旣是如此、可竟批到十殿、使他轉生陽世便了、朱紱魂作叩謝科唱

黃鐘宮合曲　南畫眉序　叩首感恩高。韻竟發輪廻離苦惱。韻免沉淪苦海、讀向人道生超。韻解鬼帶朱紱魂作出門

科從左旁門下雜扮解鬼戴鬼髮額穿蟒箭袖虎皮卒褂繫虎皮裙帶淨扮田希監魂散髮穿喜鵲衣繫腰裙從右旁門上作進門跪科解鬼白　田希監帶到、一曹官作查簿科白　惡犯一名田希監、心懷狡詐、私通反叛、閻君白　可惱、這廝心懷蛇蝎、惡似鴟鴞、竟與反賊李希烈同謀叛逆、罪惡非輕、掌案的、查他在生還有何等罪惡一曹官作查簿科田希監魂白　閻君爺、唱　念希監惡蹟多端。句　求寬恕感恩非小。韻合　惟求大德重生造。韻　再

爲人善念堅操 ○韻曹官白 田希監與臧霸陰謀交好賄
通叛逆那臧霸獻一美女與他却被他妻子嫉妒不容
着聽用官董知白即時領去豈料被奸徒莫可交悞殺
三人性命次日田希監將董知白屈陷抵償情極無辜
閻君白 原來如此這兇頑罪惡彌天該受刀山之報暫
且帶在一邊少頃即赴刀山劍樹受罪施行 解鬼帶田
希監魂作出門科從左旁門下 一曹官白 惡犯一名李
希烈一名朱泚此二人背恩反叛殺害忠良竊據土地

妄稱帝號、已經前者東嶽大帝、相同十殿閻君、會勘情實、罪應發上刀山正法、閻君白　帶過來、雜扮二解鬼各戴鬼髮額穿蟒箭袖虎皮卒褂繫虎皮裙帶淨扮李希烈魂朱泚魂各散髮穿喜鵲衣繫腰裙從右旁門上作進門跪科解鬼白　惡犯李希烈朱泚帶到、閻君白　你這兩箇奸賊、稱兵作叛、害了多少生靈、荼毒多少地面、你全不想報應昭彰、到俺陰司正法治罪麽、李希烈魂朱泚魂白　我二人也不敢強辯、只求閻君爺寬恕、閻君唱

黃鐘調合曲 北喜遷鶯 恨恁把逆謀來造韻險將那唐室傾搖韻弄着兵刀韻虎狼心恁般兇暴韻歎黎民劫數苦相遭韻流戰血身膏荒草韻聽不得鬼哭神號韻李希烈魂朱泚魂白 我二人罪惡深重該受陰司罪業望求閻君爺赦宥唱

黃鐘宮合曲 南畫眉序 罪惡自難逃韻只恨當初悔不早韻望閻君赦免讀把罪犯相饒韻閻君白 你這兩箇惡犯造下彌天罪孽萬死莫贖還想寬饒麽快帶去上刀山

正法 解鬼帶李希烈魂朱泚魂作出門科從左旁門下
一曹官白 還有那田希監的逆黨臧霸 閻君白 帶過來
雜扮解鬼戴鬼髮額穿蟒箭袖虎皮卒褂繫虎皮裙帶
丑扮臧霸魂散髮穿喜鵲衣繫腰裙從右旁門上作進
門跪科解鬼白 臧霸帶到 閻君白 你這畜生在陽間做
官只圖財物不顧廉恥諂結上司多行不法審理事情
不辨分明也應該上刀山正法 臧霸魂白 閻君爺那黃
的是金白的是銀誰人見了不愛可惜我不曾帶得那

財物來孝敬閻君爺爺只怕也就不是這等待我了唱
悔未將黃白攜來。句爲孝敬把人情做巧。韻合惟求大
德重生造。韻再爲人善念堅操。韻閻君白還要胡講速
速帶去刀山受罪解鬼帶瘋霸魂作出門科從左旁門
下雜扮解鬼戴鬼髮額穿蟒箭袖虎皮卒褂繫虎皮裙
帶小旦扮李翠娥魂穿衫從右旁門上作進門跪科解
鬼白新到女鬼一名李翠娥當面閻君白查他的過犯
一曹官作查簿科白李翠娥身爲婦女該守閨門曾與

那莫可交通姦、李翠娥魂白 爺爺、我自悔生前一念之差、致使出乖露醜敗壞閨門、反又受此慘死、自恨追悔無及、閻君白 你這妮子、也知追悔麽、唱

黃鐘調 北出隊子 恁生前行奸賣俏。韻 風流罪皆自招。

合曲 韻 都則爲花容月貌逞妖嬈。韻 李翠娥魂白 求爺爺超生赦罪、閻君唱 笑恁那粉骷髏猶把饒來討。韻 俺早是註明伊椿椿罪惡。韻 白 奸夫莫可交前殿如何發落、曹官白 禀上閻君、那莫可交姦淫罪惡、負義辜恩、罪業深

重前殿已經將他碓搗施行正法矣（唱）

這李翠娥。（句）李翠娥。（疊）通姦孽造。（韻）

黄鐘宫　南滴溜子　合曲

那董知白。（句）董知白。（疊又）險遭惡報。（韻白）其時莫可交誣告已准卽將董知白下入碓搗之中忽然擁現金蓮放出光華瑞彩閻君驚恐無比卽將董知白批到十殿轉生陽世仍做武官三男二女永享長年（閻君白）好此乃是善人之報應也（李翠娥魂白）生前事端俱已明白求爺爺見憐寬恕（唱）念罪婢（讀）頻加叩禱。（韻合）寬從莫

可交。韻故將彝倫顛倒。韻伏望施恩、讀戴德非小。韻閻
君白鬼卒、可將李氏發往前殿、按罪施行、解鬼帶李翠
娥魂作出門科從左旁門下雜扮五長解鬼各戴鬼髮
額穿蟒箭袖虎皮卒褂繫虎皮裙持器械帶旦扮劉氏
魂穿破補衫繫腰裙從右旁門上作到科長解都鬼白
門上那位在、一鬼卒作出門問科長解都鬼白犯婦劉
氏解到了、鬼卒虛白作進門稟科閻君白帶進來、鬼卒
作出門引五長解鬼帶劉氏魂作進門跪科長解都鬼

跪呈公文科閻君作看公文科白 劉氏你故違誓願殺生害命惡孽多端其實可惡 劉氏魂白 爺爺念劉氏一路來受苦殻了望求寬恕 閻君白 衆鬼卒與我着實的打 衆鬼卒應作打劉氏魂科閻君唱

黃鐘調合曲 北刮地風 嗳呀格 一任恁讀 悲痛哀哀苦叫號韻 誰似你罪犯天條韻想 當日向善聲名好韻 把前功一旦都抛韻 深恨恁讀 把佛像俱撇掉韻 罪多般惡報難逃韻 信讒言讀 自開葷恣意貪饕韻 竟不顧有神鑒

昭。韻去花園寃債相遭。韻自驚慌、讀魄散魂驚落。韻今日裏到酆都合受煎熬、韻劉氏魂白爺爺世上喫葷的儘多爲何把我如此難爲、閻君白世人雖喫酒肉未曾立誓因你欺眛神明所以罪上加罪本該罰你上取刀山只是法不重科倒便宜了你長解的使他遊遍重重地獄受取種種苦難卽便前去、一判官付公文科長解都鬼接公文帶劉氏魂作出門科從左旁門下雜扮解鬼戴鬼髮額穿蟒箭袖虎皮卒褂繫虎皮裙帶旦扮王

氏魂穿破衫繫腰裙從右旁門上作進門跳科解鬼白
陽間惡婦一名王氏用計謀害前妻之子鄭賡夫性命
罪惡難逃陰府報應閻君白王氏你欲霸占鄭尚義家
產與己子你就忍心害理鋪謀設計致害鄭賡夫無辜
而死你這罪惡難逃報應也王氏魂白爺爺這是長子
無狀將奴調戲而起與奴無干的唱

黃鐘宮南滴滴金合曲

爲賡夫惡子多强暴韻行爲果是虧
名教韻將奴調戲相欺藐韻因此向夫行句訴根苗韻

將情細表。韻一曹官作查簿科白稟上閻君皆因是王氏心懷惡毒頓施謀計致使鄭賡夫立遭慘死。唱他心懷蛇蝎奸謀狡。韻合致使賡夫讀一命輕拋。韻閻君白可惱你這惡婦到俺這裏還敢強辯。唱

黃鐘調 北四門子 合曲

恨奸頑讀尚虛詞猶誑告。韻俺正無私讀豈被汝相奚落。韻恁巧語花言讀腹內藏刀。韻把罪名兒讀一旦憑空掃。韻這毒婦心腸句特奸甚巧。韻

白鬼卒快將這惡婦呵、唱教他上刀山償將惡報。韻解

鬼作帶王氏魂出門科從左旁門下閻君下座科白與俺收拾威儀者。衆鬼判擁護閻君仍仝從酆都門下生扮目連戴僧帽穿水田道袍緊縧綁帶數珠持錫杖從右旁門上唱

黃鐘宮合曲　南鮑老催

陰風悲嘯。韻淒然凜冽似叫號。韻令人頓覺傷懷抱。韻見刀山列。句劍樹標。韻鋼鋒耀。韻白來此不知何處。以錫杖卓地科白唵嘛呢薩婆訶。一曹官從酆都門上白闍黎從何處到此。目連白我乃西方

目連僧、爲尋母到此、曹官白　如此此請少待、閻君有請、衆鬼判引閻君從酆都門上曹官白　今有西天目連僧、爲尋他母親到此、閻君白　我想西天僧人、到此陰司、自然是聖僧了、快請進來、塲上右側設平臺虎皮椅閻君陞座科曹官引目連作進門相見科塲上設椅目連四曹官各坐科閻君白　高僧、你母親姓甚名誰、目連白　家母傳門劉氏、唱爲　萱親克苦把　勤劬效。韻向　幽冥遍處尋消耗。韻合　故特地忙來到。韻閻君白　可惜來遲了這片

刻方纔解往五殿去了、唱

黃鐘調合曲北水仙子纔纔纔。格纔將他向別殿交。韻怎怎怎。格怎恰又片刻時辰不湊巧。韻美美美。格美孝心爲母不憚勞。韻救救救。格救萱堂及早離苦惱。韻目連起隨撤椅科白如此告別只得再往五殿去找尋便了、閻君白聖僧請便、目連白請了相逢纔衰衰話別又匆匆、作出門科從左旁門下閻君白衆鬼卒速現刀山者、衆鬼卒應科場上出火彩隨撤烟雲帳幔現出刀山科雜

扮五差鬼各戴犄角鬼髮穿鬼衣繫虎皮裙持叉從火
光中躍出向閻君座前作叅見科閻君白　速催衆鬼犯
上刀山、五差鬼應科閻君唱　**趕趕趕**。格　**趕寃囚**。讀　**速赴**
刀山峭。韻　**做做做**。格　**做一箇**。讀　**施行罪業懲惡報**。韻　**看**
看看。格　**看滿山**。讀　**血濺苦號咷**。韻五差鬼從左旁門下
雜扮二管刀山鬼使各戴犄角鬼髮穿劉唐衣繫肚囊
立刀山上科五差鬼持叉作趕雜扮衆上刀山鬼犯各
戴氈帽穿破衣衫繫腰裙仝從右旁門上作至閻君座

前叩求科全唱

黃鐘宮南雙聲子合曲

黃泉道。韻黃泉道。疊今日裏遭冤報。韻難遁逃。韻難遁逃。疊算罪業皆人造。韻慘風刀。韻求恕饒。韻合看血肉淋漓。讀骨化形銷。韻五差鬼作趕衆鬼犯上刀山科刀山後出種種刀山切末科閻君下座科唱

煞尾

明題着。讀奸盜邪淫四字標。韻似俺這。讀果報無私怎混淆。韻若能敦善行堅操。韻再不受。讀這險峻刀

山的痛煎熬。韻泉鬼判擁護閻君仍全從酆都門下

山色隴頭集